U0676064

朱自清序跋集

——朱自清 著——

回望朱自清

古吴轩出版社

中国·苏州

图书在版编目（CIP）数据

朱自清序跋集 / 朱自清著 . — 苏州 : 古吴轩出版社 , 2018.8（2022.1 重印）
（回望朱自清）
ISBN 978-7-5546-1195-1

Ⅰ . ①朱… Ⅱ . ①朱… Ⅲ . ①序跋—作品集—中国现代
Ⅳ . ① I266

中国版本图书馆 CIP 数据核字（2018）第 172634 号

责任编辑：蒋丽华
见习编辑：顾　熙
策　　划：罗路晗
封面题签：葛丽萍
装帧设计：鸿儒文轩·书心瞬意

书　　名：朱自清序跋集
丛书主编：陈　武
著　　者：朱自清
出版发行：古吴轩出版社
　　　　　地址：苏州市八达街 118 号苏州新闻大厦 30F　邮编：215123
　　　　　电话：0512-65233679　　　　　　传真：0512-65220750
出 版 人：尹剑峰
印　　刷：三河市华东印刷有限公司
开　　本：787×1092　1/32
印　　张：5
版　　次：2018 年 8 月第 1 版
印　　次：2022 年 1 月第 2 次印刷
书　　号：ISBN 978-7-5546-1195-1
定　　价：30.00 元

如有印装质量问题，请与印刷厂联系。电话：010-85717689

编者说明

朱自清先生著作众多，序跋更是其作品中不可或缺的一部分。本书包括朱自清为自己和他人的作品写的序和后记。除了早期的一两本书外，朱自清的作品集都有自序。这些序跋记录了朱自清创作的缘由及其一生文学活动的脉络，是研究朱自清其人、其书的重要依据。

在编辑本书时，我们以1983年三联书店出版的《朱自清序跋书评集》的"序跋"部分为底本，对于当时的翻译词汇、"底""象""发见""深沈""甚么"等字词的用法及标点的运用仍保持先生的原文。由于编者能力有限，有不足之处，敬请读者指正。

2018 年 7 月

目录

《背影》序 …………………………… 1

《杂诗三首》序 ……………………… 9

《欧游杂记》序 ……………………… 12

《你我》序 …………………………… 16

《经典常谈》序 ……………………… 20

《伦敦杂记》序 ……………………… 24

《诗言志辨》序 ……………………… 28

《新诗杂话》序 ……………………… 34

《国文教学》序 ……………………… 39

《语文零拾》序 ……………………… 44

《犹贤博弈斋诗钞》序 ……………… 47

《标准与尺度》序 …………………… 49

《论雅俗共赏》序 ················· 52

《忆》跋 ····················· 54

《子恺漫画》代序 ··············· 59

《萍因遗稿》跋 ················· 62

《子恺画集》跋 ················· 64

《梅花》后记 ·················· 67

《粤东之风》序 ················· 71

《燕知草》序 ·················· 76

《谈美》序 ···················· 81

《文艺心理学》序 ··············· 86

失名《冬天》跋 ················· 92

《文心》序 ···················· 93

《中国新文学大系》诗集导言 ········ 97

《西南采风录》序 ··············· 111

钟明《呕心苦唇录》序 ············ 114

序叶氏兄弟的第二个集子 ·········· 117

北平诗 ······················ 120
　　　——《北望集》序

日常生活的诗 ·················· 124
　　　——序萧望卿《陶渊明批评》

什么是中国文学史的主潮 …………… 127

　　——序林庚《中国文学史》

闻一多先生怎样走着中国文学的道路 … 132

　　——《闻一多全集》序

《闻一多全集》编后记 ……………… 146

《背影》序

胡适之先生在一九二二年三月，写了一篇《五十年来中国之文学》；篇末论到白话文学的成绩，第三项说：

> 白话散文很进步了。长篇议论文的进步，那是显而易见的，可以不论。这几年来，散文方面最可注意的发展，乃是周作人等提倡的"小品散文"。这一类的小品，用平淡的谈话，包藏着深刻的意味；有时很象笨拙，其实却是滑稽。这一类作品的成功，就可彻底打破那"美文不能用白话"的迷信了。

胡先生共举了四项。第一项白话诗，他说"可以算是上了成功的路了"；第二项短篇小说，他说"也渐渐的成立了"；第四项戏剧与长篇小说，他说"成绩最坏"。他没有说那一种成绩最好；但从语气上看，小品散文的至少不比白话诗和短篇小说的坏。现在是六年以后了，情形已是不同；白话诗虽也有多少的进展，如采用西洋诗的格律，但是太需缓了；文坛上对于它，已迥非先前的热闹可比。胡先生那时预言，"十年之内的中国诗界，定有大放光明的一个时期"；现在看看，似乎丝毫没有把握。短篇小说的情形，比前为好，长篇差不多和从前一样。戏剧的演作两面，却已有可注意的成绩，这令人高兴。最发达的，要算是小品散文。三四年来风起云涌的种种刊物，都有意或无意地发表了许多散文，近一年这种刊物更多。各书店出的散文集也不少。《东方杂志》从二十二卷（一九二五）起，增辟"新语林"一栏，也载有许多小品散文。夏丏尊、刘薰宇两先生编的《文章作法》，于记事文、叙事文、说明文、议论文而外，有小品文的专章。去年《小说月报》的"创作号"（七号），也特辟小品一栏。小品散文，于是乎极一时之盛。东亚病夫在今年三月《复胡适的信》（《真美善》一卷十二号）里，论这几年文学的成绩说："第一是小品文字，含讽刺的，析心理的，写自然的，往往着墨不多，而余味曲包。第二是短篇小说。……第三是诗。……"这个观察大致不错。

但有举出"懒惰"与"欲速"，说是小品文和短篇小说发达的原因，那却是不够的。现在姑且丢开短篇小说而论小品文：所谓"懒惰"与"欲速"，只是它的本质的原因之一面；它的历史的原因，其实更来得重要些。我们知道，中国文学向来大抵以散文学①为正宗；散文的发达，正是顺势。而小品散文的体制，旧来的散文学里也尽有；只精神面目，颇不相同罢了。试以姚鼐的十三类为准，如序跋、书牍、赠序、传状、碑志、杂记、哀祭七类中，都有许多小品文字；陈天定选的《古今小品》，甚至还将诏令、箴铭列入，那就未免太广泛了。我说历史的原因，只是历史的背景之意，并非指出现代散文的源头所在。胡先生说，周先生等提倡的小品散文，"可以打破'美文不能用白话'的迷信"。他说的那种"迷信"的正面，自然是"美文只能用文言了"；这也就是说，美文古已有之，只周先生等才提倡用白话去做罢了。周先生自己在《杂拌儿》序里说：

---

① 读如散——文学，与纯文学相对；较普通所谓散文，意义广些——骈文也包括在内。

……明代的文艺美术比较地稍有活气，文学上颇有革新的气象，公安派的人能够无视古文的正统，以抒情的态度作一切的文章，虽然后代批评家贬斥它为浅率空疏，实际却是真实的个性的表现，其价值在竟陵派之上。以前的文人对于著作的态度，可以说是二元的，而他们则是一元的，在这一点上与现代写文章的人正是一致，……以前的人以为文是"以载道"的东西，但此外另有一种文章却是可以写了来消遣的；现在则又把它统一了，去写或读可以说是本于消遣，但同时也就传了道了，或是闻了道。……这也可以说是与明代的新文学家的意思相差不远的。在这个情形之下，现代的文学——现在只就散文说——与明代的有些相象，正是不足怪的，虽然并没有去模仿，或者也还很少有人去读明文，又因时代的关系在文字上很有欧化的地方，思想上也自然要比四百年前有了明显的改变。

这一节话论现代散文的历史背景，颇为扼要，且极明通。明朝那些名士派的文章，在旧来的散文学里，确是最与现代散文相近的。但我们得知道，现代散文所受的直接的影响，还是外国的影响；这一层周先生不曾明说。我们看，周先生自己的书，如《泽泻集》等，里面的文章，无论从思想说，从表现说，岂是那些名士派的文章里找得出的？——至多"情趣"有一些相似罢了。我宁可说，他所受的"外国的影响"比中国的多。而其余的作家，外国的影响有时还要多些，象鲁迅先生、徐志摩先生。历史的背景只指给我们一个趋势，详细节目，原要由各人自定；所以说了外国的影响，历史的背景并不因此抹煞的。但你要问，散文既有那样历史的优势，为什么新文学的初期，倒是诗、短篇小说和戏剧盛行呢？我想那也许是一种反动。这反动原是好的，但历史的力量究竟太大了，你看，它们支持了几年，终于懈弛下来，让散文恢复了原有的位置。这种现象却又是不健全的；要明白此层，就要说到本质的原因了。

　　分别文学的体制，而论其价值的高下，例如亚里士多德在《诗学》里所做的，那是一件批评的大业，包孕着种种议论和冲突；浅学的我，不敢赞一辞。我只觉得体制的分别有时虽然很难确定，但从一般见地说，各体实在有着个别的特性；这种特性有着不同的价值。抒情的散文和纯文学的诗、小说、戏剧相比，便可见出这种分别。我们可以说，前者是自由些，后者是谨严些：诗的字句、音节，小说的描写、结构，戏剧的剪裁与对话，都有种种规律（广义的，不限于古典派的），必须精心结撰，方能有成。散文就不同了，选材与表现，比较可随便些；所谓"闲话"，在一种意义里，便是它的很好的诠释。它不能算作纯艺术品，与诗、小说、戏剧，有高下之别。但对于"懒惰"与"欲速"的人，它确是一种较为相宜的体制。这便是它的发达的另一原因了。我以为真正的文学发展，还当从纯文学下手，单有散文学是不够的；所以说，现在的现象是不健全的。——希望这只是暂时的过渡期，不久纯文学便会重新发展起来，至少和散文学一样！但就散文论散文，这三四年的发展，确是绚烂极了：有种种的样式，种种的流派，表现着，批评着，解释着人生的各面。迁流曼衍，日新月异：有中国名士风，有外国绅士风，有隐士，有叛徒，在思想上是如此；或描写，或讽刺，或委曲，或缜密，或劲健，或绮丽，或洗炼，或流动，或含蓄，在表现上是如此。

我是大时代中一名小卒，是个平凡不过的人。才力的单薄是不用说的，所以一向写不出什么好东西。我写过诗，写过小说，写过散文。二十五岁以前，喜欢写诗；近几年诗情枯竭，搁笔已久。前年一个朋友看了我偶然写下的《战争》，说我不能做抒情诗，只能做史诗；

这其实就是说我不能做诗。我自己也有些觉得如此，便越发懒怠起来。短篇小说是写过两篇。现在翻出来看，《笑的历史》只是庸俗主义的东西，材料的拥挤，象一个大肚皮的掌柜；《别》的用字造句，那样扭扭捏捏的，象半身不遂的病人，读着真怪不好受的。我觉得小说非常地难写；不用说长篇，就是短篇，那种经济的，严密的结构，我一辈子也学不来！我不知道怎样处置我的材料，使它们各得其所。至于戏剧，我更是始终不敢染指。我所写的大抵还是散文多。既不能运用纯文学的那些规律，而又不免有话要说，便只好随便一点说着；凭你说"懒惰"也罢，"欲速"也罢，我是自然而然采用了这种体制。这本小书里，便是四年来所写的散文。其中有两篇，也许有些象小说；但你最好只当作散文看，那是彼此有益的。至于分作两辑，是因为两辑的文字，风格有些不同；怎样不同，我想看了便会知道。关于这两类文章，我的朋友们有相反的意见。郢看过《旅行杂记》，来信说，他不大喜欢我做这种文章，因为是在模仿着什么人；而模仿是要不得的。这其实有些冤枉，我实在没有一点意思要模仿什么人。他后来看了《飘零》，又来信说，这与《背影》是我的另一面，他是喜欢的。但《火》就不如此。他看完《踪迹》，说只喜欢《航船中的文明》

一篇；那正是《旅行杂记》一类的东西。这是一个很有趣的对照。我自己是没有什么定见的，只当时觉着要怎样写，便怎样写了。我意在表现自己，尽了自己的力便行；仁智之见，是在读者。

（一九二八年，七月三十一日，北平清华园。）

　朱自清序跋集

《杂诗三首》序

上月二十三日接平伯自杭州来信，说他自创新体，作短诗，并附寄《忆游杂诗》一篇十四首。我很欢喜这种短诗。从前读周启明先生《日本的诗歌》一文，便已羡慕日本底短歌；当时颇想仿作一回，却因人事牵率，将那心思搁置了。现在读了平伯所作，不禁又怦然动念；于是就诌了这三首。

我欢喜这种短诗，因为他能将题材表现得更精彩些，更经济些。周先生论日本底短歌，说："……但他虽不适于叙事，若要描写一地的景色，一时的情调，却很擅长。"我们主张短诗，正是这个意思；并且也为图普遍起见。——因为短诗简单隽永，平易近人。可是中国字都是单音；在简短的诗形里，要有婵缓和美的节奏，很不易办。往往音节太迫促了，不能引起深沈的思念，便教人读着不象一首已完的诗；如"满城风雨近重阳"之类，意境原可以算完成了，但节奏太急，便象有些站不住似的；所以终于只能算是长诗底一部分，不成功一首独立的诗。不过我们说的短诗，并不象日本底短歌、俳句等，要限音数和节数；这里还有些自由伸缩底余地。——要创造短歌、俳句等一类东西，自然是办不到；若说在我们原有诗形外，另作出一种短的诗形，那也许可能罢。这全靠现在诗坛底努力了。至于我这三首，原是尝试之作，既不能啭缓和美，也未必平易近人；那是关于我的无力，要请读者谅解的了。

所谓短诗底"短"，正和短篇小说底"短"一样；行数底少固然是一个不可缺的元素，而主要的元素，却在平伯所谓"集中"；不能集中的，虽短，还不成诗。所谓"集中"，包括意境和音节说。——谈到短诗底意境，如前所引周先生底话，自然是"一地的景色"或"一时的情调"。因而短诗底能事也有写景、抒情两种；而抒情为难。正如平伯给我的另一信说："……因短诗所表现的，只有中心的一点。但这一点从千头万绪中间挑选出来，真是极不容易。读者或以为一两句耳，何难之有；而不知神思之来，偏不难于千百句而难于一二句。……

作写景短诗，我已颇觉其选择之难，抒情恐尤难矣；因景尚易把捉，情则尤迷离惝恍也。"

三首短诗，却有这样长的序，未免所谓"像座比石像还大"；可是因为初次发表，有解释底必要，所以终于累累赘赘地说了。

（二一，一一，七，上海。《诗》第一卷第一期。）

《欧游杂记》序

　　这本小书是二十一年五月六月的游踪。这两个月走了五国，十二个地方。巴黎待了三礼拜，柏林两礼拜，别处没有待过三天以上；不用说都只是走马看花罢了。其中佛罗伦司，罗马两处，因为赶船，慌慌张张，多半坐在美国运通公司的大汽车里看的。大汽车转弯抹角，绕得你昏头昏脑，辨不出方向；虽然晚上可以回旅馆细细查看地图，但已经隔了一层，不象自己慢慢摸索或跟着朋友们走那么亲切有味了。滂卑故城也是匆忙里让一个俗透了的引导人领着胡乱走了一下午。巴黎看得比较细，一来日子多，二来朋友多；但是卢佛宫去了三回，还只看了一犄角。在外国游览，最运气有熟朋友乐意陪着你；不然，带着一张适用的地图一本适用的指南，不

朱自清序跋集

计较时日，也不难找到些古迹名胜。而这样费了一番气力，走过的地方便不会忘记，也不会张冠李戴——若能到一国说一国的话，那自然更好。

自己只能听英国话，一到大陆上，便不行了。在巴黎的时候，朋友来信开玩笑，说我"目游巴黎"；其实这儿所记的五国都只算是"目游"罢了。加上日子短，平时对于欧洲的情形又不熟习，实在不配说话。而居然还写出这本小书者，起初是回国时船中无事，聊以消磨时光，后来却只是"一不做，二不休"而已。所说的不外美术风景古迹，因为只有这些才能"目游"也。游览时离不了指南，记述时还是离不了；书中历史事迹以及尺寸道里都从指南钞出。用的并不是大大有名的裴歹克指南，走马看花是用不着那么好的书的。我所依靠的不过克罗凯（Crockett）夫妇合著的《袖珍欧洲指南》，瓦德洛克书铺（Ward, Lock&Co.）的《巴黎指南》，德莱司登的官印指南三种。此外在记述时也用了雷那西的美术史（Reinach：*Apollo*）和何姆司的《艺术轨范》（C. J. Holmes：*A Grammar of the Arts*）做参考。但自己对于欧洲美术风景古迹既然外行，无论怎样谨慎，陋见谬见，怕是难免的。

本书绝无胜义，却也不算指南的译本；用意是在写些游记给中学生看。在中学教过五年书，这便算是小小的礼物吧。书中各篇以记述景物为主，极少说到自己的地方。这是有意避免的：一则自己外行，何必放言高论；二则这个时代，"身边琐事"说来到底无谓。但这么着又怕干枯板滞——只好由它去吧。记述时可也费了一些心在文字上：觉得"是"字句，"有"字句，"在"字句安排最难。显示景物间的关系，短不了这三样句法；可是老用这一套，谁耐烦！再说这三种句子都显示静态，也够沈闷的。于是想方法省略那三个讨厌的字，例如"楼上正中一间大会议厅"，可以说"楼上正中是——"，"楼上有——"，"——在楼的正中"，但我用第一句，盼望给读者整个的印象，或者说更具体的印象。再有，不从景物自身而从游人说，例如"天尽头处偶尔看见一架半架风车"。若能将静的变为动的，那当然更乐意，例如"他的左胳膊底下钻出一个孩子"（画中人物）。不过这些也无非雕虫小技罢了。书中用华里英尺，当时为的英里合华里容易，英尺合华尺麻烦些；而英里合华里数目大，便更见其远，英尺合华尺数目小，怕不见其高，也是一个原因。这种不一致，也许没有多少道理，但也由它去吧。

书中取材，概未注明出处；因为不是高文典册，无需乎小题大做耳。

出国之初给叶圣陶兄的两封信，记述哈尔滨与西比利亚的情形的，也附在这里。

让我谢谢国立清华大学，不靠她，我不能上欧洲去。谢谢李健吾，吴达元，汪梧封，秦善鋆四位先生；没有他们指引，巴黎定看不好，而本书最占篇幅的巴黎游记也定写不出。谢谢叶圣陶兄，他老是鼓励我写下去，现在又辛苦地给校大样。谢谢开明书店，他们愿意给我印这本插了许多图的小书。

（二十三年四月，北平清华园。）

《你我》序

　　郑振铎兄让我将零碎的文字编起来，由商务印书馆印入《文学研究会创作丛书》。他和商务印书馆的好意，我非常感谢。但这里所收的实在不能称为创作，只是些杂文罢了。

　　写作的时日从十三年八月起，到今年秋天止；共文二十九篇，分为甲乙两辑。甲辑是随笔，乙辑是序跋与读书录，都按写作先后为序。用《你我》做书名，没有什末了不得的理由；至多只是因为这是近年来所写较长的一篇罢了。

　　不记得几年前的一个晚上，忽然心血来潮，想编集自己的零碎文字；当时思索了半天，在一张小纸片上写下一个草目。今番这张小纸片居然还在，省我气力不少；因为自己作文向不保存，日子久了便会忘却，搜寻起来大是苦事。靠着那张草目，加上近年所作的，写定了本书目录。稿子交出了，才想起了《我所见的叶圣陶》《叶圣陶的短篇小说》《冬天》《〈欧游杂记〉自序》；稿子寄走了，才又想起了《择偶记》，想起了《〈老张的哲学〉与〈赵子曰〉》。偶然翻旧报纸，才又发见了《论无话可说》；早已忘记得没有影子，重逢真是意外——本书里作者最中意的就是这篇文字。

《"海阔天空"与"古今中外"》是十四年写的。那时在浙江白马湖春晖中学，俞平伯兄在北京，两人合编《我们—— 一九二五年》；这篇和《山野掇拾》都是写给《我们》的。白马湖是乡下，免不了"孤陋寡闻"，所以狂妄地选了那样大题目。《我们》出来后，叶圣陶兄来信说境界狭窄了些，与题不称；"坐井观天"，乡下人到底是"少所见，多所怪"的。这回重读此文，更觉稚气；但因写时颇卖了些气力，又可作《我们》的纪念，便敝帚自珍地存下。《山野掇拾》写了三天，躲在山坳一所屋子里；写完是六月一日，到了学校里才知道那惊天动地的五卅惨案。这个最难忘记。《白采的诗》也是在白马湖写成，是十五年暑假中。老早应下白采兄写这么一篇，不知怎样延搁下来；好容易写起，他却已病死，看不见了！真是遗憾之至。

十九年圣陶兄有意思出一本小说选，让我主持选政；便有了关于他的两篇文字。后来他不想出了，两篇东西就存在他那里。这回是向他借钞的。

《给〈一个兵和他的老婆〉的作者》拟原书的口语体，可惜不大象。《给亡妇》想试用不欧化的口语，但也没有完全如愿。《你我》原想写一篇短小精悍的东西；变成那样尾大不掉，却非始料所及。但是以后还打算写写这类文法上的题目。《谈抽烟》下笔最艰难，八百字花了两个下午。这是我在《大公报·文艺副刊》上的第一篇文字；《〈老张的哲学〉与〈赵子曰〉》是在同报《文学副刊》上第一篇文字。中间相隔五年，看过了多少世变；写到这里，不由得要停笔吟味起来。《冬天》《南京》都是圣陶出的题目。《萍因遗稿》是未刊本，此书不知已流落何处。《粤东之风》稿交给北新多年，最近的将来也许会和世人相见。

十几年来的零碎文字，至少还有十一篇不在现在的目录里。其中一篇《中年》，是一个朋友要办杂志教写的。杂志没办成，稿子也散失了，算是没见世面。另一篇记辛亥革命时自己的琐事，登在十八年《清华大学国庆纪念刊》上。那是半张头的报纸，谁也没有存着；现在是连题目也想不起了。

是为序。

（二十三年十二月，北平清华园。）

《经典常谈》序

在中等以上的教育里，经典训练应该是一个必要的项目。经典训练的价值不在实用，而在文化。有一位外国教授说过，阅读经典的用处，就在教人见识经典一番。这是很明达的议论。再说做一个有相当教育的国民，至少对于本国的经典，也有接触的义务。本书所谓经典是广义的用法，包括群经、先秦诸子、几种史书、一些集部；要读懂这些书，特别是经、子，得懂"小学"，就是文字学，所以《说文解字》等书也是经典的一部分。我国旧日的教育，可以说整个儿是读经的教育。经典训练成为教育的唯一的项目，自然偏枯失调；况且从幼童时代就开始，学生食而不化，也徒然摧残了他们的精力和兴趣。新式教育施行以后，读经渐渐废止。民国以来虽

朱自清序跋集

然还有一两回中小学读经运动，可是都失败了，大家认为是开倒车。另一方面，教育部制定的初中国文课程标准里却有"使学生从本国语言文字上，了解固有文化"的话，高中的标准里更有"培养学生读解古书，欣赏中国文学名著之能力"的话。初高中的国文教材，从经典选录的也不少。可见读经的废止并不就是经典训练的废止，经典训练不但没有废止，而且扩大了范围，不以经为限，又按着学生程度选材，可以免掉他们囫囵吞枣的弊病。这实在是一种进步。

我国经典，未经整理，读起来特别难，一般人往往望而生畏，结果是敬而远之。朱子似乎见到了这个，他注"四书"，一种作用就是使"四书"普及于一般人。他是成功的，他的"四书"注后来成了小学教科书。又如清初人选注的《史记菁华录》，价值和影响虽然远在"四书"注之下，可是也风行了几百年，帮助初学不少。但到了现在这时代，这些书都不适用了。我们知道清代"汉学家"对于经典的校勘和训诂贡献极大。我们理想中一般人的经典读本——有些该是全书，有些只该是选本节本——应该尽可能地采取他们的结论；一面将本文分段，仔细的标点，并用白话文作简要的注释。每种读本还得有一篇切实而浅明的白话文导言。这需要见解、学力和经验，不是一个人一个时期所能成就的。商务印书馆编印的一些《学生国学丛书》，似乎就是这番用意，但离我们理想的标准还远着呢。理想的经典读本既然一时不容易出现，有些人便想着先从治标下手。顾颉刚先生用浅明的白话文译《尚书》，又用同样的文体写《汉代学术史略》，用意便在这里。这样办虽然不能教一般人直接亲近经典，却能启发他们的兴趣，引他们到经典的大路上去。这部小书也只是向这方面努力的工作。如果读者能把它当作一只船，航到经典的海里去，编撰者将自己庆幸，在经典训练上，尽了他做尖兵的一份儿。可是如果读者念了这部书，便以为已经受到了经典训练，不再想去见识经典，那就是以筌为鱼，未免辜负编撰者的本心了。

这部书不是"国学概论"一类。照编撰者现在的意见，"概论"这名字容易教读者感到自己满足；"概论"里好象甚么都有了，再用不着别的——其实甚么都只有一点儿！"国学"这名字，和西洋人所谓"汉学"一般，都未免笼统的毛病。国立中央研究院的历史语言研究所分别标明历史和语言，不再浑称"国学"，确是正办。这部书以经典为主，以书为主，不以"经学""史学""诸子学"等作纲领。但《诗》、《文》两篇，却还只能叙述源流；因为书太多了，没法子一一详论，而集部书的问题，也不象经、史、子的那样重要，在这儿也无需详论。书中各篇的排列按照传统的经、史、子、集的顺序；并照传统的意见将"小学"书放在最前头。各篇的讨论，尽量采择近人新说；这中间并无编撰者自己的创见，编撰者的工作只是编撰罢了。全篇的参考资料，开列在各篇后面；局部的，随处分别注明。也有袭用成说而没有注出的，那是为了节省读者的注意力；一般的读物和考据的著作不同，是无需乎那样严格的。末了儿编撰者得谢谢杨振声先生，他鼓励编撰者写下这些篇常谈。还得谢谢雷海宗先生允许引用他还没有正式印行的《中国通史选读》讲义，陈梦家先生允许引用他的《中国文字学》稿本。还得谢谢董庶先生，他给我钞了全份清稿，让排印时不致有太多的错字。

（三十一年二月，昆明西南联合大学。）

《伦敦杂记》序

　　一九三一到一九三二年承国立清华大学给予休假的机会，得在欧洲住了十一个月，其中在英国住了七个月。回国后写过一本《欧游杂记》，专记大陆上的游踪。在英国的见闻，原打算另写一本，比《欧游杂记》要多些。但只写成九篇就打住了。现在开明书店惠允印行；因为这九篇都只写伦敦生活，便题为《伦敦杂记》。

　　当时自己觉得在英国住得久些，尤其是伦敦这地方，该可以写得详尽些。动手写的时候，虽然也参考贝代克的《伦敦指南》，但大部分还是凭自己的经验和记忆。可是动手写的时候已经在回国两三年之后，记忆已经不够新鲜的，兴趣也已经不够活泼的。——自己却总还认真地写下去。有一天，看见《华北日报》上有记载伦敦拉衣恩司公司的文字，著者的署名已经忘记。自己在《吃的》那一篇里也写了拉衣恩司食堂；但看了人家源源本本的叙述，惭愧自己知道的真太少。从此便有搁笔之意，写得就慢了。抗战后才真搁了笔。

不过在英国的七个月毕竟是我那旅程中最有意思的一段儿。承柳无忌先生介绍，我能以住到歇卜士太太家去。这位老太太如《房东太太》那篇所记，不但是我们的房东，而且成了我们的忘年朋友。她的风趣增加我们在异国旅居的意味。《圣诞节》那篇所记的圣诞节，就是在她家过的。那加尔东尼市场，也是她说给我的。她现在不知怎样了，但愿还活着！伦敦的文人宅，我是和李健吾先生同去的。他那时从巴黎到伦敦顽儿。有了他对于那些文人的深切的向往，才引起我访古的雅兴。这个也应该感谢。

在英国的期间，赶上莎士比亚故乡新戏院落成。我和刘崇铉先生，陈麟瑞先生，柳无忌先生夫妇，同赶到"爱文河上的斯特拉福特"去"躬逢其盛"。我们连看了三天戏。那几天看的，走的，吃的，住的，样样都有意思。莎翁的遗迹触目皆是，使人思古的幽情油然而生。而那安静的城市，安静的河水，亲切的旅馆主人，亲切的旅馆客人，也都使人乐于住下去。至于那新戏院，立体的作风，简朴而精雅，不用说是值得盘桓的。我还赶上《阿丽思漫游奇境记》的作者加乐尔的纪念——记得当时某刊物上登着那还活着的真的阿丽思十三岁时的小影。而《泰晤士报》举行纪念，登载《伦敦的五十年》的文字，也在这时候。其中一篇写五十年来的男女社交，最惹起人今昔之感。这些我本打算都写在我的杂记里。我的拟目比写出的要多一半。其中有关于伦敦的戏的，我特别要记吉尔伯特和瑟利文的轻快而活泼的小歌剧。还有一篇要记高斯华绥的读诗会。——那回读诗会是动物救济会主办的。当场有一个工人背出高斯华绥《法网》那出戏里的话责问他，说他有钱了，就不管正义了。他打住了一下，向全场从容问道："诸位女士，诸位先生，你们要我读么？"那工人终于嘀咕着走了。——但是我知道的究竟太少，也许还是藏拙为佳。

写这些篇杂记时，我还是抱着写《欧游杂记》的态度，就是避免"我"的出现。"身边琐事"还是没有，浪漫的异域感也还是没有。并不一定讨厌这些。只因新到异国还摸不着头脑，又不曾交往异国的朋友，身边一些琐事差不多都是国内带去的，写出来无非老调儿。异域感也不是没有，只因已入中年，不够浪漫的。为此只能老老实实写出所见所闻，象新闻的报道一般；可是写得太认真，又不能象新闻报道那么轻快，真是无可如何的。游记也许还是让"我"出现，随便些的好；但是我已经来不及了。但是这九篇里写活着的人的比较多些，如《乞丐》《圣诞节》《房东太太》，也许人情要比《欧游杂记》里多些罢。

这九篇里除《公园》《加尔东尼市场》《房东太太》三篇外，都曾登在《中学生》杂志上。那时开明书店就答应我出版，并且已经在随排随等了。记得"七七"前不久开明的朋友还来信催我赶快完成这本书，说免得彼此损失。但是抗战开始了，开明的印刷厂让敌人的炮火毁了，那排好的《杂记》版也就跟着葬在灰里了。直到前些日子，在旧书堆里发现了这九篇稿子。这是抗战那年从北平带出来的，跟着我走了不少路，陪着我这几年——有一篇已经残缺了。我重读这些文字，不免怀旧的感慨，又记起和开明的一段因缘，就交给开明印。承他们答应了，那残缺的一篇并已由叶圣陶先生设法钞补，感谢之至！只可惜图片印不出，恐怕更会显出我文字的笨拙来，这是很遗憾的。

（三十二年三月，昆明。）

《诗言志辨》序

　　西方文化的输入改变了我们的"史"的意念，也改变了我们的"文学"的意念。我们有了文学史，并且将小说、词曲都放进文学史里，也就是放进"文"或"文学"里；而曲的主要部分，剧曲，也作为戏剧讨论，差不多得到与诗文平等的地位。我们有了王国维先生的《宋元戏曲史》，这是我们的第一部文学专史或类别的文学史。新文学运动加强了新的文学意念的发展。小说的地位增高，我们有了鲁迅先生的《中国小说史略》。词曲差不多升到了诗里；我们有刘毓盘先生的《词史》，虽然只是讲义，而且并未完成，还有王易先生的《词曲史》。民间的歌谣和故事也升到了文学里，"变文"和弹词等也跟着升，于是乎有郑振铎先生的《中国俗文学史》。这里

　　　　　朱自清序跋集

特别要提出的是，在中国的文学批评称为"诗文评"的，也升了格成为文学的一类。陈锺凡先生的《中国文学批评史》仅后于《宋元戏曲史》，但到郭绍虞先生的那一本出来，才引起一般的注意，虽然那还只是上卷书。

从目录学上看，俗文学或民间文学的歌谣部分虽然因为用作乐歌，早得著录，但别的部分差不多从不登大雅之堂。词曲发展得晚，著录得也晚。小说发展虽早，从前只附在子、史两部里，我们所谓小说的小说，到明代才见著录。诗文评的系统的著作，我们有《诗品》和《文心雕龙》，都作于梁代。可是一向只附在"总集"类的末尾，宋代才另立"文史"类来容纳这些书。这"文史"类后来演变为"诗文评"类。著录表示有地位，自成一类表示有独立的地位；这反映着各类文学本身如何发展，并如何获得一般的承认。

一类文学获得一般的承认，却还未必获得与别类文学一般的平等的地位。小说、词曲、诗文评，在我们的传统里，地位都在诗文之下；俗文学除一部分古歌谣归入诗里以外，可以说是没有地位。西方文化输入了新的文学意念，加上新文学的创作，小说、词曲、诗文评，才得升了格，跟诗歌和散文平等，都成了正统文学。但俗文学还只是"俗"文学；虽是"文学"，还不能放进正统里。所谓词曲的平等地位，得分开来看。戏曲是歌剧，属于戏剧类，与话剧平分天下。词和散曲可以说是诗类，但就史的发展论，范围跟影响都远不如五七言诗，所以还只能附在诗里；不过从"诗余""词余"而成为"诗"，从余位升到了正位，确是真的。诗文评虽然极少完整的著作，但从本质上看，自然是文学批评。前些年苏雪林女士曾著专文讨论，结论是正的。现在一般似乎都承认了诗文评即文学批评的独立的平等的地位。

文学史的发展一面跟着一般史学的发展，一面也跟着文学的发展。这些年来我们的史学很快的进步，文学也有了新的成长，文学史确是改变了面目。但是改变面目是不够的，我们要求新的血和肉。这需要大家长期的不断的努力。一般的文学史如此，类别的文学史更显然如此。而文学批评史似乎尤其难。一则一般人往往有种成见，以为无创作才的才去做批评工作，批评只是第二流货色，因此有些人不愿意研究它。二则我们的诗文评断片的多，成形的少，不容易下手。三则我们的现代文学里批评一类也还没有发展，在各类文学中它是最落后的。现在我们固然愿意有些人去试写中国文学批评史，但更愿意有许多人分头来搜集材料，寻出各个批评的意念如何发生，如何演变——寻出它们的史迹。这个得认真的仔细的考辨，一个字不放松，象汉学家考辨经史子书。这是从小处下手。希望努力的结果可以阐明批评的价值，化除一般人的成见，并坚强它那新获得的地位。

诗文评的专书里包含着作品和作家的批评，文体的史的发展，以及一般的理论，也包含着一些轶事异闻。这固然得费一番爬梳剔抉的工夫。专书以外，经史子集里还有许多（即使不更多）诗文评的材料，直接的或间接的。前者如"诗言志""思无邪""辞，达而已矣""修辞立其诚"；后者如《庄子》里"神"的意念和《孟子》里"气"的意念。这些才是我们的诗文评的源头，从此江淮河汉流贯我们整个文学批评史。至于选集、别集的序跋和评语，别集里的序跋、书牍、传志，甚至评点书，还有《三国志》《世说新语》《文选》诸注里，以及小说、笔记里，也都五光十色，层出不穷。这种种是取不尽、用不竭的，人手越多越有意思。只要不掉以轻心，谨严的考证、辨析，总会有结果的。

我们的文学批评似乎始于论诗，其次论"辞"，是在春秋及战国时代。论诗是论外交"赋诗"，"赋诗"是歌唱入乐的诗。论"辞"是论外交辞命或行政法令。两者的作用都在政教。从论"辞"到论"文"还有一段曲折的历史，这里姑且不谈；只谈诗论。"诗言志"是开山的纲领，接着是汉代提出的"诗教"。汉代将"六艺"的教化相提并论，称为"六学"；而流行最广的是"诗教"。这时候早已不歌唱诗，只诵读诗。"诗教"是就读诗而论，作用显然也在政教。这时候"诗言志""诗教"两个纲领都在告诉人如何理解诗，如何受用诗。但诗是不容易理解的。孟子说过论诗者"不以文害辞，不以辞害志"，确也说过知人论世。毛公释"兴诗"，似乎根据前者，后来称为"比兴"；郑玄作《诗谱》，论"正变"，显然根据后者。这些是方法论，是那两个纲领的细目，归结自然都在政教。

这四条诗论，四个批评的意念，二千年来都曾经过多多少少的演变。现代有人用"言志"和"载道"标明中国文学的主流，说这两个主流的起伏造成了中国文学史。"言志"的本义原跟"载道"差不多，两者并不冲突；现时却变得和"载道"对立起来。"诗教"原是"温柔敦厚"，宋人又以"无邪"为"诗教"；这却不相反而相成。"比兴"的解释向来纷无定论；可以注意的是这个意念渐渐由方法而变成了纲领。"正变"原只论"风雅正变"，后来却与"文变"说联合起来，论到诗文体的正变；这其实是我们固有的"文学史"的意念。

这本小书里收的四篇论文，便是研究那四条诗论的史的发展的。这四条诗论，四个词句，在各时代有许多不同的用例。书中便根据那些重要的用例试着解释这四个词句的本义跟变义，源头和流派。但《比兴》一篇却只能从《毛诗》下手，没有追溯到最早的源头；文中解释"赋""比""兴"的本义，也只以关切《毛诗》的为主。"赋""比""兴"原来大概是乐歌的名称，和"风""雅""颂"一样。这一层已经有人在研究，但跟文学批评无关，我们可以不论。《毛诗》的解释跟作诗人之意相合与否，我们也不论。因为我们要解释的是"比兴"，不是诗。

本书原拟名为"诗论释辞"，"辞"指词句而言。后来因为书中四篇论文是一套，而以"诗言志"一个意念为中心，所以改为今名。《诗言志》篇跟《比兴》篇是抗战前写的，曾分别登载《语言与文学》和《清华学报》。《诗教》篇跟《正变》篇是近两年中写的。前者曾载《人文科学学报》；后者也给了《清华学报》，但这一期学报本身还未能印出。已发表的三篇都经过补充和修正；《诗言志》篇差不多重写了一回，不过疏陋的地方必还不少，如承方家指教，深为感谢。

《新诗杂话》序

　　远在民国二十五年，我曾经写过两篇《新诗杂话》，发表在二十六年一月《文学》的《新诗专号》上。后来抗战了，跟着学校到湖南，到云南，很少机会读到新诗，也就没有甚么可说的。三十年在成都遇见厉歌天先生，他搜集的现代文艺作品和杂志很多。那时我在休假，比较闲些，厉先生让我读到一些新诗，重新引起我的兴味。秋天经过叙永回昆明，又遇见李广田先生；他是一位研究现代文艺的作家，几次谈话给了我许多益处，特别是关于新诗。于是到昆明后就写出了第三篇《新诗杂话》，本书中题为《抗战与诗》。那时李先生也来了昆明，他鼓励我多写这种"杂话"。果然在这两年里我又陆续写成了十二篇；前后十五篇居然就成了一部小书。感谢厉先生和李先生，不是他们的引导，我不会写出这本书。

我就用《新诗杂话》作全书的名字，另外给各篇分别题名。我们的"诗话"向来是信笔所至，片片段段的，甚至琐琐屑屑的，成系统的极少。本书里虽然每篇可以自成一单元，但就全书而论，也不是系统的著作。因为原来只打算写一些随笔。

自己读到的新诗究竟少，判断力也不敢自信，只能这么零碎的写一些。所以便用了"诗话"的名字，将这本小书称为《新诗杂话》。不过到了按着各篇的分题编排目录时，却看出来这十五节新诗话也还可以归为几类，不至于彼此各不相干。这里讨论到诗的动向，爱国诗，诗素种种，歌谣同译诗，诗声律等，范围也相当宽，虽然都是不赅不备的。而十五篇中多半在"解诗"，因为作者相信意义的分析是欣赏的基础。

作者相信文艺的欣赏和了解是分不开的，了解几分，也就欣赏几分，或不欣赏几分；而了解得从分析意义下手。意义是很复杂的。朱子说"晓得文义是一重，识得意思好处是一重"；他将意义分出"文义"和"意思"两层来，很有用处，但也只说得个大概，其实还可细分。朱子的话原就解诗而论；诗是最经济的语言，"晓得文义"有时也不易，"识得意思好处"再要难些。分析一首诗的意义，得一层层挨着剥起去，一个不留心便逗不拢来，甚至于驴头不对马嘴。书中各篇解诗，虽然都经过一番思索和玩味，却免不了出错。有三处经原作者指出，又一处经一位朋友指出，都已改过了。别处也许还有，希望读者指教。

原作者指出的三处，都是卞之琳先生的诗。第一是《距离的组织》，在《解诗》篇里。现在钞出这首诗的第五行跟第十行（末行）来：

（醒来天欲暮，无聊，一访友人罢。）

……

……

友人带来了雪意和五点钟。

括弧里我起先以为是诗中的"我"的话，因为上文说入梦，并提到"暮色苍茫"，下文又说走路。但是才说入梦，不该就"醒"，而下文也没有堤到"访友"，倒是末行说到"友人"来"访"。这便逗不拢了。后来经卞先生指点，才看出这原来是那"友人"的话，所以放在括弧里。他也午睡来着。他要"访"的"友人"，正是诗中没有说出的"我"。下文"忽听得一千重门外有自己的名字"，便是这来"访"的"友人"在叫。那走路正是在模糊的梦境中，并非梦中的"醒"。我是疏忽了"暮"和"友人"这两个词。这行里的"天欲暮"跟上文的"暮色苍茫"是一真一梦；这行里的"友人"跟下文的"友人"是一我一他。混为一谈便不能"识得意思"了。

第二是《淘气》的末段：

哈哈！到底算谁胜利？
你在我对面的墙上
写下了"我真是淘气"。

写的是"你"，读的可是"我"；"你"写来好象是"你"自认"淘气"，"我"读了便变成"我"真是淘气了。所以才有"到底算谁胜利"。那玩笑是问句。我原来却只想到自认淘气的"真是淘气"那一层。第三是《白螺壳》，我以为只是情诗，卞先生说也象征着人生的理想跟现实。虽然这首诗的亲密的口气容易教人只想到情诗上去，但"从爱字通到哀字"，也尽不妨包罗万有。这两首诗都在《诗与感觉》一篇里。

《朗读与诗》里引用鸥外鸥先生《和平的础石》诗，也闹了错儿。这首诗从描写香港总督的铜像上见出"意思"。我过分的看重了那"意思"，将描写当做隐喻。于是"金属了的手""金属了的他"，甚至"铜绿的苔藓"都变成了比喻，"文义"便受了歪曲。我是求之过深，所以将铜像错过了。指出来的是浦江清先生。感谢他和卞先生，让我可以提供几个亲切有味的例子，见出诗的意义怎样复杂，分析起来怎样困难，而分析又确是必要的。

这里附录了麦克里希《诗与公众世界》的翻译。麦克里希指出英美青年诗人的动向。这篇论文虽然是欧洲战事以前写的，却跟本书《诗的趋势》中所引述的息息相通，值得参看。

（三十三年十月，昆明。）

《国文教学》序

我们将近些年来写的关于国文教学的论文和随笔编成这本书，就题为《国文教学》。这里面以中学国文教学为主，大学的也有几篇论及。我们都做了多年的国文教师，也编过一些国文科的读物给青年们看，本书的各篇文字便根据这些经验写成。不过这些文字都偏重教学的技术方面，精神方面谈到的很少。因为精神方面部定的课程标准里已经定得够详细的。再说"五四"以来国文科的教学，特别在中学里，专重精神或思想一面，忽略了技术的训练，使一般学生了解文字和运用文字的能力没有得到适量的发展，也未免失掉了平衡。而一般社会对青年学生们要求的，却正是这两种能力；他们第一要学生们写得通，其次是读得懂。我们根据实际情形立论，偏向技术一面也是自然而然。

一般社会看得写比读重，青年们自己也如此。但在课程里和实际教学上，却是读比写重。课程里讲读的时数多于作文的时数，是因为讲读负担着三重的任务。讲读一方面训练了解的能力，一方面传播固有的和现代的文化，另一方面提供写作的范本。学生们似乎特别注重写作的范本。从前的教本原偏重示范作用，没有读和写的比重问题发生。"五四"后的教本兼顾三重任务，学生们感到模规文的缺少，好象讲读费了很多时间，并没有什么实用，因而就不看重它。不过这个问题很复杂，范文其实还只是一个因子。另一个因子是文言。"五四"后一般学生愿意写白话，写白话而读文言是矛盾。再一个因子是教学。教学应该读和写并重，可是讲读的时数既多，而向来教师也没有给予作文课足够的注意，便见得读重了。其实重读也只是个幻象，一般的讲读只是逐句讲解，甚至于说些不相干的话敷衍过去。学生们毫无参加和练习的机会，怎能够引起他们趣味，领导他们努力呢？

青年们不愿意读文言，尤其不愿意读古书，是因为不容易懂，并且跟现代生活好象无甚关系似的。若能在现行的标点分段之外，加上白话注释，并附适当的题解或导言，愿意读的人也许多些。到那时青年们也许就可以看出中国人虽然需要现代化，但总是我们中国人在现代化，得先知道自己才成；而这在现时还得借径于文言或古书。我们尽可以着手用白话重述古典，等到这种重述的古典成为新的古典时，尽可以将文言当作死文字留给专门学者学习，不必再放在一般课程里，但现时大家还得学习。可是现行课程标准规定初中一年起就将文言和白话混合教学，而文言的比例逐年加增，直到大学一年整个讲读文言为止——效果却不好。学生们不但文言没有学好，白话也连带着学得不够好。教本里选的文言花样太杂，固然使他们不容易摸着门路，而混合教学也使他们彷徨，弄不清文言和白话的分别。我们赞成本书附录里浦江清先生的主张，将白话和文言分别教学。并且主张文言的教学从高中开始，初中只学白话；大学一年也还该在作文课里使学生们读些白话范本。作文该全写白话；文言教学的写的方面只学到造句就成。

青年们不看重讲读，还有一个原故。他们觉得讲读总不免咬文嚼字费工夫，而实际的阅读只消了解大意就够；他们课外阅读，只求了解大意，快当得多。他们觉得只有这种广泛的阅读才能促进写作能力的发展；讲读在一年里只寥寥三四十篇，好象简直没有益处似的。但是没有受过相当的咬文嚼字的训练或是没有下过相当的咬文嚼字的工夫的人，是不能了解大意的，至少了解不够正确。学生们课外阅读，能以了解大意，还是靠多年的讲读教育——虽然这种讲读教育没有很大的效率——或是自修的工夫。不过阅读有时候不止于要了解大意，还要领会那话中的话，字里行间的话——也便是言外之意。这就不能太快，得仔细吟味；这就更需要咬文嚼字的工夫。再说课外阅读可以帮助增进写作的能力，固然是事实，但一目数行的囫囵吞枣的读下去，至多只能增进一些知识和经验，并不能领会写作的技术。要在写作上得益处，非慢慢咬嚼不可。一般人的阅读大概都是只观大意，并且往往随读随忘；虽然快得惊人，却是毫无用处。随读随忘，不但不能帮助写作，恐怕连增进知识和经验的效果也不会有。所以课外阅读决不能无条件的重视，而讲读还是基本。不过讲读不该逐句讲解，更不该信口开河，得切实计划，细心启发，让学生们多讨论，多练习，才能有合乎课程标准的效率。

　　这就要谈到师生的合作和学校的纪律了。讨论教学技术，无论如何精确，若是教师不负责任，不肯干，也是枉然。现在一般国文教师的情形，本书中有专篇讨论；我们觉得负责的教师真太少了。教师得先肯负责，才能谈到循循善诱，师生合作。教师不负责，有的因为对教学本无兴趣，作教只是暂局。这种人只有严加淘汰一法。有的因为任课太多，照顾不及。这种人也许减少钟点调整待遇可望改善。有的却因为一般纪律不好，难以独严。学校纪律不好，有时固然由于一般政治和社会的情形，不是某一学校的责任，但多半还是由于学校当局不尽职或才力不足。只要当局能够和教师通力合作，始终一贯，纪律总可以相当严明的。话说回来，即使学校纪律不好，一个教师也还有他可负的责任。只要诚恳公正，他在相当的限度之内也还可以严格教学的，所谓事在人为。本书里许多文字虽然根据经验写成，却也假定了一些条件，如学校纪律相当好，教师肯负责的干等；从这方面看也就不免还是些理想。不过理想是事实之母，只要不是空想，总该能够一点一滴实现的。我们在期待着。

我们将自己的文字分编为上下两辑。另有浦江清先生《论中学国文》一篇，我们觉得其中精到的意见很多。感谢他的同意，让我们附录在这里。

（三十三年十月。）

《语文零拾》序

　　这本小书收集的可以说都是一些书评和译稿。我是研究文学的，这些文字讨论的不外乎文学与语言，尤其是中国文学与中国语言。我在大学里教授中国文学批评和陶渊明诗、宋诗等。这些书评可以见出我的意见，够不够"心得"，我不敢说，但总是自己的一些意见。因为研究批评和诗，我就注意到语言文字的达意和表情的作用。这里说"达意"和"表情"，因为照现代的看法，达意和表情可以分为两种作用，不该混为一谈。我们说达意，指的是字面或话面；说表情，指的是字里行间或话里有话。书评中论"历史在战斗中"，论"生活的方法"，论"修辞学的比兴观"，译文中论"调整语调"，都是取的这个角度，这个分析语义的角度。

　　朱自清序跋集

中国语达意表情的方式在变化中，新的国语在创造中。这种变化的趋势，这种创造的历程，可以概括的称为"欧化"或"现代化"。《新的语言》这篇论文和《中国文学用语》这篇译文，都是讨论这问题的。《新的语言》曾引起吕叔湘先生的长篇讨论；承他指正的地方，这里已经改过了。讨论欧化，自然不能忽略中国语言的特性；王了一先生的《现代中国语法》最能表见这些特性，我的序文是他全书提要的说明。日本语虽然跟我们的不同系，但他们借用汉字甚多，和我们的关系相当密切，他们语言的发展，足以供我们参考的地方不少；即如欧化问题，他们就差不多跟我们一样。所以这里也收了几篇读书笔记。

译文中《回到大的气派》，可以看出时代的动向，不但是一国的动向，恐怕是全世界的动向罢？这里所主张的，也可以说是为人生的文学。将这篇译文和《短长书》里所叙的我们文坛的现势对照起来，也许很有趣味。《灵魂工程师》是苏联文坛的报道，虽然简单，却能得要领，说的也是为人生而文学。原作者的态度似乎够客观的。

书中译稿都用原来的题目。书评、书序、笔记等，却都另拟了新的题目，而将原作的名称附列在题下。这样可以指出讨论的中心和我的意旨所在，比较醒目。至于跟译文的题式一致，倒还在其次。这本小书由于钱实甫先生的好意而集成，并由他交给名山书局印出，这里谨向他致谢。

（三十五年七月，成都。）

《犹贤博弈斋诗钞》序

　　昔曹子建有言："有南威之容，乃可以论于淑媛；有龙泉之利，乃可以议于断割。"斯论尚矣。余以老泉发愤之年，僭大学说诗之席，语诸生以巧拙，陈作者之神思，而声律对偶，劣得皮毛，甘苦疾徐，悉凭胸臆，搔痒有隔靴之叹，举鼎殷绝膑之忧。于是努力桑榆，课诗昕夕，学士衡之拟古，亦步亦趋；讽惜抱所钞诗，惟兢惟业。暇日苦短，微愿不偿，终一曝而十寒，有寸进而尺退。岁星周天而复始，诗章大衍而不盈，洎夫卢沟肇衅，衡岳栖身，断简残编，香灭烬绝，惟时望燕云而驰想，抚萍迹以抽思。俄而西迁滇海，南放漓江，穷山水之恢奇，信舟楫之容与。其间独咏写怀，联吟纪胜，偶有成篇，才堪屈指，盖其诗功之浅，有如是者。迨抗战之四岁，惟及瓜而一休，随妇锦城，卜居东郭，警讯频传，日懔冰渊之戒；生资不易，时惟冻馁之侵，白发益滋，烦忧徒甚。则有萧君公权者，投以生朝之作，触其中路之悲，于是翰墨相将，唱酬无致，诗简往复，便尔经年，古律参差，居然成帙。忆云生云："不为无益之事，何以遣有涯之生？"曩者退食自公，逢场作戏，斗叶子于斗室，结胜侣于名区。尔则萧条穷巷，难招入幕之宾；羞涩阮囊，莫办寻山之具。惠而不费，惟游戏于文章；应而相求，庶朌蠲其声气。于是飞章叠韵，刻骨攒眉，渐知得失之林，转成酸苦之癖。自后重理弦歌，不废兹事。惟是中年忧患，不无危苦之词；偏意幽玄，遂多戏论之粪，未堪相赠，只可自娱，画蚓涂鸦，题签入笥，敢云敝帚之珍，犹贤博弈之玩云尔。民国卅五年七月朱自清序于成都。

《标准与尺度》序

这里收集的是去年复员以来写的一些文章，第一篇《动乱时代》，第二篇《中国学术的大损失》和末一篇《日常生活的诗》是在成都写的，别的十九篇都是回到北平之后写的。其中从《什么是文学？》到《诵读教学与"文学的国语"》七篇，原是北平《新生报》的《语言与文学》副刊上的"周话"，没有题目，题目在编这本书的时候才加上去。这《语言与文学》副刊，每周一出，是清华大学中国文学会主编的，我原定每期写一段儿关于文学和语言的杂话，叫做"周话"。写了四回，就觉得忙不过来，于是休息一周；等到第二次该休息的时候，索性请了长假，不写了。该是八篇，第一篇实际上是发刊词，没有收在这里。本书收的文章很杂，评论、杂记、书评、书序都有，大部分也许可以算是杂文罢，其中谈文学与语言的占多数。

　　抗战期中也写过这种短文，起先讨论语文的意义，想写成一部《语文影》，后来讨论生活的片段，又想写成一部《人生一角》，但是都只写了三五篇就搁了笔。叶圣陶先生曾经写信给我，说这些文章青年人不容易看懂。闻一多先生也和我说过那些讨论生活片段的文章，作法有些象诗。我那时写这种短文，的确很用心在节省字句上。复员以来，事情忙了，心情也变了，我得多写些，写得快些，随便些，容易懂些。特别是那几篇"周话"，差不多都是在百忙里逼着赶出来的。还有《论诵读》那篇，写好了寄给沈从文先生，隔了几天他写信来说稿子好象未完，让我去看看。我去看，发现缺了末半叶。沈先生当天就要发稿，让我在他书房里补写那半叶，说写完了就在他家吃午饭。这更是逼着赶了。等我写完，却在沈先生的窗台上发现那缺了的末半叶！沈先生笑着抱歉说："真折磨了你！"但是补稿居然比原稿详明些，我就用了补稿。可见逼着赶虽然折磨人，也能训练人。经过这一年来的训练，我的笔也许放开了些。不久以前一位青年向我说，他觉得我的文章还是简省字句，不过不难懂。训练大概是有些效验的。

这本书取名《标准与尺度》，因为书里有一篇《文学的标准与尺度》，而别的文章，不管论文、论事、论人、论书，也都关涉着标准与尺度。但是这里只是讨论一些旧的标准和新的尺度而已，决非自命在立标准，定尺度。说起《文学的标准与尺度》这篇文，那"标准与尺度"的意念是从叫做《种种标准》（*Standards*）一本小书来的。我偶然从一位同事的书桌上抓了这本书来读，这是美国勃朗耐尔（W. C. Brownell）作的，一九二五年出版。书里分别的用着"尺度"（criteria）和"标准"两个词，启发了我，并且给了我自己的这本小书的名字。这也算是"无巧不成书"了。

谢谢原来登载这些短文的刊物，我将这些刊物的名字分别地记在每篇篇尾。谢谢文光书店的陆梦生先生，他肯在这纸荒工贵的时候印出这本书！

（三十六年十二月，北平清华大学。）

《论雅俗共赏》序

　　本书共收关于文艺的论文十四篇，除三篇外都是去年下半年作的。《论逼真与如画》，二十三年写过这个题目，发表在《文学》的《中国文学研究专号》里。那篇不满二千字的短文，是应了郑西谛兄的约一晚上赶着写成的，材料都根据《佩文韵府》，来不及检查原书。文中也明说了"钞《佩文韵府》"。记得西谛兄还笑着向我说："何必说'钞《佩文韵府》'呢？只举出原书的名目也可以的。"这回重读那篇小文，仔细思考，觉得有些不同的意见；又将《佩文韵府》引的材料与原书核对，竟发现有一条是错的，有一条是靠不住的。因此动手重写，写成了比旧作长了一倍有余；又给加了一个副题目"关于传统的对于自然和艺术的态度的一个考察"，希望这个啰里啰嗦的副题目能够表示这两个批评用语的重要性，以及自己企图从现代的立场上来了解传统的努力。

所谓现代的立场，按我的了解，可以说就是"雅俗共赏"的立场，也可以说是偏重俗人或常人的立场，也可以说是近于人民的立场。书中各篇论文都在朝着这个方向说话。《论雅俗共赏》放在第一篇，并且用作书名，用意也在此。各篇论文的排列，按性质的异同，不按写作的先后；最近的写作是《论老实话》。《鲁迅先生的杂感》一篇，是给《燕京新闻》作的鲁迅先生逝世十一周年纪念论文，太简单了，本来打算不收入本书的，一位朋友却说鲁迅先生好比大海，大海是不拒绝细流的，他劝我留着；我就敝帚自珍的留着了。

本书各篇都曾分别发表在各刊物上。现在将各刊物的名称记在文章的末尾，聊以表示谢意。

（三十七年二月，北平清华园。）

《忆》跋

小燕子其实也无所爱，

只是沉浸在朦胧而飘

　　忽的夏夜梦里罢了。

（《忆》第三十五首）

　　人生若真如一场大梦，这个梦倒也很有趣的。在这个大梦里，一定还有长长短短，深深浅浅，肥肥瘦瘦，甜甜苦苦，无数无数的小梦。有些已经随着日影飞去；有些还远着哩。飞去的梦便是飞去的生命，所以常常留下十二分的惋惜，在人们心里。人们往往从"现在的梦"里走出，追寻旧梦的踪迹，正如追寻旧日的恋人一样；他越过了千重山，万重水，一直的追寻去。这便是"忆的路"。"忆的路"是愈过愈广阔的，是愈过愈平坦的；曲曲折折的路旁，隐现着几多的驿站，是行客们休止的地方。最后的驿站，在白板上写着朱红的大字："儿时"。这便是"忆的路"的起点，平伯君所徘徊而不忍去的。

飞去的梦因为飞去的缘故，一例是甜蜜蜜而又酸溜溜的。这便合成了别一种滋味，就是所谓惆怅。而"儿时的梦"和现在差了一世界，那酝酿着的惆怅的味儿，更其肥腴得可以，直腻得人没法儿！你想那颗一丝不挂却又爱着一切的童心，眼见得在那隐约的朝雾里，凭你怎样招着你的手儿，总是不回到腔子里来；这是多么"缺"呢？于是平伯君觉着闷得慌，便老老实实地，象春日的轻风在绿树间微语一般，低低的，密密的将他的可忆而不可捉的"儿时"诉给你。他虽然不能长住在那"儿时"里，但若能多招呼几个伴侣去徘徊几番，也可略减他的空虚之感，那惆怅的味儿，便不至老在他的舌本上腻着了。这是他的聊以解嘲的法门，我们都多少能默喻的。

在朦胧的他儿时的梦里，有象红蜡烛的光一跳一跳的，便是爱。他爱故事讲得好的姊姊，他爱唱沙软而重的眠歌的乳母，他爱流苏帽儿的她。他也爱翠竹丛里一万的金点子和小枕头边一双小红橘子；也爱红绿色的蜡泪和爸爸的顶大的斗篷；也爱翦啊翦啊的燕子和躲在杨柳里的月亮……他有着纯真的，烂漫的心；凡和他接触的，他都与他们稔熟、亲密——他一例地拥抱了他们。所以他是自然（人也在内）的真朋友①！

他所爱的还有一件，也得给你提明的，便是黄昏与夜。他说他将象小燕子一样，沈浸在夏夜梦里，便是分明的自白。在他的"忆的路"上，在他的"儿时"里，满布着黄昏与夜的颜色。夏夜是银白色的，带着栀子花儿的香；秋夜是铁灰色的，有青色的油盏火的微芒；春夜最热闹的是上灯节，有各色灯的辉煌，小烛的摇荡；冬夜是数除夕了，红的、绿的、淡黄的颜色，便是年的衣裳。在这些夜里，他那生活的模样儿啊，短短儿的身材，肥肥儿的个儿，甜甜儿的面孔，有着浅浅的笑涡；这就是他的梦，也正是多么可爱的一个孩子！至于那黄昏，都笼罩着银红衫儿，流苏帽儿的她的朦胧影，自然也是可爱的！——但是，他为甚么爱夜呢？聪明的你得问了。我说夜是浑融的，夜是神秘的，夜张开了她无长不长的两臂，拥抱着所有的所有的，但你却瞅不着她的

---

① 此节和下节中的形容语，多从作者原诗中拉取；一一加起引号，觉着烦琐，所以在此总说一句。

面目，摸不着她的下巴；这便因可惊而觉着十三分的可爱。堂堂的白日，界画分明的白日，分割了爱的白日，岂能如她的系着孩子的心呢？夜之国，梦之国，正是孩子的国呀，正是那时的平伯君的国呀！

平伯君说他的忆中所有的即使是薄薄的影，只要它们历历而可画，他便摇动了那风魔了的眷念。他说"历历而可画"，原是一句绮语；谁知后来真有为他"历历画出"的子恺君呢？他说"薄薄的影"，自是挹谦的话；但这一个"影"字却是以实道实，确切可靠的。子恺君便在影子上着了颜色——若根据平伯君的话推演起来，子恺君可说是厚其所薄了。影子上着了颜色，确乎格外分明——我们不但能用我们的心眼看见平伯君的梦，更能用我们的肉眼看见那些梦，于是更摇动了平伯君以外的我们的风魔了的眷念了。而梦的颜色加添了梦的滋味；便是平伯君自己，因这一画啊，只怕也要重落到那闷人的，腻腻的惆怅之中而难以自解了！至于我，我呢，在这双美之前，只能重复我的那句老话："我的光荣啊，我若有光荣啊！"

我的儿时现在真只剩了"薄薄的影"。我的"忆的路"几乎是直如矢的；象被大水洗了一般，寂寞到可惊的程度！这大约因为我的儿时实在太单调了，沙漠般展伸着，自然没有我的"依恋"回翔的余地了。平伯君有他的好时光，而以不能重行占领为恨；我是并没有好时光，说不上占领，我的空虚之感是两重的！但人生毕竟是可以相通的；平伯君诉给我们他的"儿时"，子恺君又画出了它的轮廓，我们深深领受的时候，就当是我们自己所有的好了。"你的就是我的，我的就是你的"，岂止"慰情聊胜无"呢？培根说"读书使人充实"；在另一意义上，你容我说吧，这本小小的书确已使我充实了！

（十三，八，十七，温州。）

《子恺漫画》代序

子恺兄：

知道你的漫画将出版，正中下怀，满心欢喜。

你总该记得，有一个黄昏，白马湖上的黄昏，在你那间天花板要压到头上来的，一颗骰子似的客厅里，你和我读着竹久梦二的漫画集。你告诉我那篇序做得有趣，并将其大意译给我听。我对于画，你最明白，彻头彻尾是一条门外汉。但对于漫画，却常常要象煞有介事地点头或摇头；而点头的时候总比摇头的时候多——虽没有统计，我肚里有数。那一天我自然也乱点了一回头。

点头之余，我想起初看到一本漫画，也是日本人画的。里面有一幅，题目似乎是《□□子爵の泪》（上两字已忘记），画着一个微侧的半身像：他严肃的脸上戴着眼镜，有三五颗双钩的泪珠儿，滴滴搭搭历历落落地从眼睛里掉下来。我同时感到伟大的压迫和轻松的愉悦，一个奇怪的矛盾！梦二的画有一幅——大约就是那画集里的第一幅——也使我有类似的感觉。那幅的题目和内容，我的记性真不争气，已经模糊得很。只记得画幅下方的左角或右角里，并排地画着极粗极肥又极短的一个"！"和一个"？"。可惜我不记得他们哥儿俩谁站在上风，谁站在下风。我明白（自己要脸）他们俩就是整个儿的人生的谜；同时又觉着象是那儿常常见着的两个胖孩子。我心眼里又是糖浆，又是姜汁，说不上是什么味儿。无论如何，我总得惊异；涂呀抹的几笔，便造起个小世界，使你又要叹气又要笑。叹气虽是轻轻的，笑虽是微微的，似一把锋利的裁纸刀，戳到喉咙里去，便可要你的命。而且同时要笑又要叹气，真是不当人子，闹着顽儿！

话说远了。现在只问老兄，那一天我和你说什么来着？——你觉得这句话有些儿来势汹汹，不易招架么？不要紧，且看下文——我说："你可和梦二一样，将来也印一本。"你大约不会说什么；是的，你老是不说什么的。我之说这句话，也并非信口开河，我是真的那么盼望着的。况且那时你的小客厅里，互相垂直的两壁上，早已排满了那小眼睛似的漫画的稿；微风穿过它们间时，几乎可以听出飒飒的声音。我说的话，便更有把握。现在将要出版的《子恺漫画》，他可以证明我不曾说谎话。

你这本集子里的画，我猜想十有八九是我见过的。我在南方和北方与几个朋友空口白嚼的时候，有时也嚼到你的漫画。我们都爱你的漫画有诗意；一幅幅的漫画，就如一首首的小诗——带核儿的小诗。你将诗的世界东一鳞西一爪地揭露出来，我们这就象吃橄榄似的，老觉着那味儿。《花生米不满足》使我们回到怠懒的儿时，《黄昏》使我们沈入悠然的静默。你到上海后的画，却又不同。你那和平愉悦的诗意，不免要搀上了胡椒末；在你的小小的画幅里，便有了人生的鞭痕。我看了《病车》，叹气比笑更多，正和那天看梦二的画时一样。但是，老兄，真有你的，上海到底不曾太委屈你，瞧你那《买粽子》的劲儿！你的画里也有我不爱的：如那幅《楼上黄昏，马上黄昏》，楼上与马上的实在隔得太近了。你画过的《忆》里的小孩子，他也不赞成。

今晚起了大风。北方的风可不比南方的风，使我心里扰乱；我不再写下去了。

（十一月二日，北京。）

《萍因遗稿》跋

冯延巳词："风乍起，吹皱一池春水。"

《世说》："司马太傅斋中夜坐。于时天月明净，都无纤翳。太傅叹以为佳。谢景重答曰：'意谓乃不如微云点缀。'"

《惊梦》中杜丽娘唱："袅晴丝吹来闲庭院，摇漾春如线。"

世间有一种得已而不得已的事：风与水无干，却偏要去吹着。人与风与水无干，却偏要去惦着。其实吹了又怎样，惦着又怎样，当局者是不会想着的；只觉得点缀点缀也好而已。晴丝的袅娜，原是任运东西；她自己固然不想去管，怕也管不了的。晏同叔真有他的！"无可奈何"四个好轻巧的字，却能摄住了古今天下风风水水花花草草的魂儿！你说："理他呢，过一会子就好了！"可是"好了也就了了"，你可甘心愿意？"凡蜜是一例酸的"，我们还不是得忍耐着！然而天下从此多事了。司马太傅戏谢景重曰："强欲滓秽太清耶？"我们大约也只好担上这个罪名吧。萍因有知，当不河汉吾言。

《子恺画集》跋

　　子恺将画集的稿本寄给我，让我先睹为快，并让我选择一番。这是很感谢的！

　　这一集和第一集，显然的不同，便是不见了诗词句图，而只留着生活的速写。诗词句图，子恺所作，尽有好的；但比起他那些生活的速写来，似乎较有逊色。第一集出世后，颇见到听到一些评论，大概都如此说。本集索性专载生活的速写，却觉得精彩更多。还有一个重要的不同，便是本集里有了工笔的作品。子恺告我，这是"摹虹儿"的。虹儿是日本的画家，有工笔的漫画集；子恺所摹，只是他的笔法，题材等等还是他自己的。这是一种新鲜的趣味！落落不羁的子恺，也会得如此细腻风流，想起来真怪有意思的！集中几幅工笔画，我说没有一幅不妙。

集中所写，儿童和女子为多。我们知道子恺最善也最爱画杨柳与燕子；朋友平伯君甚至要送他"丰柳燕"的徽号。我猜这是因为他欢喜春天，所以紧紧的挽着她；至少不让她从他的笔底下溜过去。在春天里，他要开辟他的艺术的国土。最宜于艺术的国土的，物中有杨柳与燕子，人中便有儿童和女子。所以他自然而然的将他们收入笔端了。

第一集里，如《花生米不满足》《阿宝赤膊》《穿了爸爸的衣服》，都是很好的儿童描写。但那些还只是神气好，还只是描写。本集所收，却能为儿童另行创造一个世界。《瞻瞻的脚踏车》《阿宝两只脚，凳子四只脚》，才小试其锋而已；至于《瞻瞻的四梦》，简直是"再团，再炼，再调和，好依着你我的意思重新造过"了。我为了儿童，也为了自己，张开两臂，欢迎这个新世界！另有《憧憬》一幅，虽是味儿不同，也是象征着新世界的。在那《虹的桥》里，有着无穷无穷的美丽的国，我们是不会知道的！

《三年前的花瓣》《泪的伴侣》，似乎和第一集里《第三张笺》属于一类的，都很好。但《挑荠菜》《春雨》《断线鹞》《卖花女》《春昼》便自不同；这些是莫之为而为，无所为而为的一种静境，诗词中所有的。第一集中，只有《翠拂行人首》一幅，可以相比。我说这些简直是纯粹的诗。就中《断线鹞》一幅里倚楼的那女子，和那《卖花女》，最惹人梦思。我指前者给平伯君说，这是南方的女人。别一个朋友也指着后者告我，北方是看不见这种卖花的女郎的。

《东洋与西洋》便是现在的中国，真宽大的中国！《教育》，教育怎样呢？

方光焘君真像。《明日的讲义》是刘心如君。他老是从从容容的；第一集里的《编辑者》，瞧那神儿！但是，《明日的讲义》可就苦了他也！我和他俩又好久不见了，看了画更惦着了。

想起写第一集的《代序》，现在已是一年零九天，真快哪！

（十五年十一月十日，在北京。）

《梅花》后记

　　这一卷诗稿的运气真坏！我为它碰过好几回壁，几乎已经绝望。现在承开明书店主人的好意，答应将它印行，让我尽了对于亡友的责任，真是感激不尽！

　　偶然翻阅卷前的序，后面记着一九二四年二月；算来已是四年前的事了。而无隅的死更在前一年。这篇序写成后，曾载在《时事新报》的《文学旬刊》上。那时即使有人看过，现在也该早已忘怀了吧？无隅的棺木听说还停在上海某处；但日月去的这样快，五年来人事代谢，即在无隅的亲友，他的名字也已有点模糊了吧？想到此，颇有些莫名的寂寞了。

　　我与无隅末次聚会，是在上海西门三德里（？）一个楼上。那时他在美术专门学校学西洋画，住着万年桥附近小衖堂里一个亭子间。我是先到了那里，再和他同去三德里的。那一暑假，我从温州到上海来玩儿；因为他春间交给我的这诗稿还未改好，所以一面访问，一面也给他个信。见面时，他那瘦黑的，微笑的脸，还和春间一样；从我认识他时，他的脸就是这样。我怎么也想不到，隔了不久的日子，他会突然离我们而去！——但我在温州得信很晚，记得仿佛已在他死后一两个月；那时我还忙着改这诗稿，打算寄给他呢。

他似乎没有什么亲戚朋友，至少在上海是如此。他的病情和死期，没人能说得清楚，我至今也还有些茫然；只知道病来得极猛，而又没钱好好医治而已。后事据说是几个同乡的学生凑了钱办的。他们大抵也没钱，想来只能草草收殓罢了。棺木是寄在某处。他家里想运回去，苦于没有这笔钱——虽然不过几十元。他父亲与他朋友林醒民君都指望这诗稿能卖得一点钱。不幸碰了四回壁，还留在我手里；四个年头已飞也似的过去了。自然，这其间我也得负多少因循的责任。直到现在，卖是卖了，想起无隅的那薄薄的棺木，在南方的潮湿里，在数年的尘封里，还不知是什么样子！其实呢，一堆腐骨，原无足惜；但人究竟是人，明知是迷执，打破却也不易的。

无隅的父亲到温州找过我，那大约是一九二二年的春天吧。一望而知，这是一个老实的内地人。他很愁苦的说，为了无隅读书，家里已用了不少钱。谁知道会这样呢？他说，现在无隅还有一房家眷要养活，运棺木的费，实在想不出法。听说他有什么稿子，请可怜可怜，给他想想法吧！我当时答应下来；谁知道一耽搁就是这些年头！后来他还转托了一位与我不相识的人写信问我。我那时已离开温州，因事情尚无头绪，一时忘了作复，从此也就没有音信。现在想来，实在是很不安的。

　　我在序里略略提过林醒民君，他真是个值得敬爱的朋友！最热心无隅的事的是他；四年中不断地督促我的是他。我在温州的时候，他特地为了无隅的事，从家乡玉环来看我，又将我删改过的这诗稿，端端正正地抄了一通，给编了目录，就是现在付印的稿本了。我去温州，他也到汉口、宁波各地做事；常有信给我，信里总殷殷问起这诗稿。去年他到南洋去，临行还特地来信催我。他说无隅死了好几年了，仅存的一卷诗稿，还未能付印，真是一件难以放下的心事；请再给向什么地方试试，怎样？他到南洋后，至今尚无消息，海天远隔，我也不知他在何处。现在想寄信由他家里转，让他知道这诗稿已能付印；他定非常高兴的。古语说，"一死一生，乃见交情"；他之于无隅，这五年以来，有如一日，真是人所难能的！

关心这诗稿的，还有白采与周了因两位先生。白先生有一篇小说，叫《作诗的儿子》，是纪念无隅的，里面说到这诗稿。那时我还在温州。他将这篇小说由平伯转寄给我，附了一信，催促我设法付印。他和平伯，和我，都不相识；因这一来，便与平伯常常通信，后来与我也常通信了。这也算很巧的一段因缘。我又告诉醒民，醒民也和他写了几回信。据醒民说，他曾经一度打算出资印这诗稿；后来因印自己的诗，力量来不及，只好罢了。可惜这诗稿现在行将付印，而他已死了三年，竟不能见着了！周了因先生，据醒民说，也是无隅的好友。醒民说他要给这诗稿写一篇序，又要写一篇无隅的传。但又说他老是东西飘泊着，没有准儿；只要有机会将这诗稿付印，也就不必等他的文章了。我知道他现在也在南洋什么地方；路是这般远，我也只好不等他了。

春余夏始，是北京最好的日子。我重翻这诗稿，温寻着旧梦，心上倒象有几分秋意似的。

（一九二八年，五月，国耻纪念日。）

《粤东之风》序

从民国六年，北京大学征集歌谣以来，歌谣的搜集成为一种风气，直到现在。梁实秋先生说，这是我们现今中国文学趋于浪漫的一个凭据。他说：

> 歌谣在文学里并不占最高的位置。中国现今有人极热心的搜集歌谣，这是对中国历来因袭的文学的一个反抗，也是……"皈依自然"的精神的表现。——《浪漫的与古典的》三十七页

我想，不管他的论旨如何，他说的是实在情形；看了下面刘半农先生的话，便可明白：

我以为若然文艺可以比作花的香，那么民歌的文艺，就可以比作野花的香。要是有时候，我们被纤丽的芝兰的香味熏得有些腻了，或者尤其不幸，被戴春林的香粉香，或者是Coty公司的香水香，熏得头痛得可以，那么，且让我们走到野外去，吸一点永远清新的野花香来醒醒神吧。——《瓦釜集》八十九页

这不但说明了那"反抗"是怎样的，并且将歌谣的文学的价值，也具体地估计出来。我们现在说起歌谣，是容易联想到新诗上去。这两者的关系，我想不宜夸张地说；刘先生的话固然很有分寸，但周启明先生的所论，似乎更具体些：他以为歌谣"可以供诗的变迁的研究，或做新诗创作的参考"——从文艺方面看。

严格地说，我以为在文艺方面，歌谣只可以"供诗的变迁的研究"；我们将它看作原始的诗而加以衡量，是最公平的办法。因为是原始的"幼稚的文体"，"缺乏细腻的表现力"，如周先生在另一文里所说，所以"做新诗创作的参考"，我以为还当附带相当的条件才行。歌谣以声音的表现为主，意义的表现是不大重要的。所以除了曾经文人润色的以外，真正的民歌，字句大致很单

调，描写也极简略、直致，若不用耳朵去听而用眼睛去看，有些竟是浅薄无聊之至。固然用耳朵去听，也只是那一套靡靡的调子，但究竟是一件完成的东西；从文字上看，却有时竟粗糙得不成东西。我也承认歌谣流行中有民众的修正，但这是没计划、没把握的；我也承认歌谣也有本来精练的，但这也只是偶然一见，不能常常如此。歌谣的好处却有一桩，就是率真，就是自然。这个境界，是诗里所不易有；即有，也已加过一番烹炼，与此只相近而不相同。刘半农先生比作"野花的香"，很是确当。但他说的"清新"，应是对诗而言，因为歌谣的自然是诗中所无，故说是"清新"；就歌谣的本身说，"清"是有的，"新"却很难说，——我宁可说，它的材料与思想，大都是有一定的类型的。

在浅陋的我看来，"念"过的歌谣里，北京的和客家的，艺术上比较要精美些。北京歌谣的风格是爽快简练，念起来脆生生的；客家歌谣的风格是缠绵曲折，念起来袅袅有余情——这自然只是大体的区别。其他各处的未免松懈或平庸，无甚特色；就是吴歌，佳处也怕在声音而不在文字。

不过歌谣的研究，文艺只是一方面，此外还有民俗学、言语学、教育、音乐等方面。我所以单从文艺方面说，只是性之所近的缘故，歌谣在文艺里，诚然"不占最高的位置"，如梁先生所说；但并不因此失去研究的价值。在学术里，只要可以研究，喜欢研究的东西，我们不妨随便选择；若必计较高低，估量大小，那未免是势利的见解。从研究方面论，学术总应是平等的，这是我的相信。所以歌谣无论如何，该有它独立的价值，只要不夸张地，恰如其分地看去便好。

这册《粤东之风》，是罗香林先生几年来搜集的结果，便是上文说过的客家歌谣。近年来搜集客家歌谣的很多，罗先生的比较是最后的，最完备的，只看他《前经采集的成绩》一节，便可知道。他是歌谣流行最少的兴宁地方的人，居然有这样成绩，真是难能可贵。他除排比歌谣之外，还做了一个系统的研究。他将客家歌谣的各方面，一一论到；虽然其中有些处还待补充材料，但规模已具。就中论客家歌谣的背景，及其与客家诗人的关系，最可注意；《前经采集的成绩》一节里罗列的书目，也颇有用。

就书中所录的歌谣看来，约有二种特色：一是比体极多，二是谐音的双关语极多。这两种都是六朝时"吴声歌曲"的风格，当时是很普遍的。现在吴歌里却少此种，反盛行于客家歌谣里，正是可以研究的事。"吴声歌曲"的"缠绵宛转"是我们所共赏；客家歌谣的妙处，也正在此。这种风格，在恋歌里尤多，——其实歌谣里，恋歌总是占大多数——也与"吴声歌曲"一样。这与北京歌谣之多用赋体，措语洒落，恰是一个很好的对比，各有各的胜境。

歌谣的研究，历史甚短。这种研究的范围，虽不算大，但要作总括的、贯通的处理，却也不是目前的事。现在只有先搜集材料随时作局部的整理。搜集的方法有两种：一是分地，二是分题；分题的如"看见她"。分地之中，京语、吴语、粤语的最为重要，因为这三种方言，各有其特异之处，而产生的文学也很多。（说本胡适之先生）所以罗先生的工作，是极有分量的。这才是第一集，我盼望他继续做下去。

（十七年五月三十一晚，北京清华园。）

《燕知草》序

　　"想当年"一例是要有多少感慨或惋惜的，这本书也正如此。《燕知草》的名字是从作者的诗句"而今陌上花开日，应有将雏旧燕知"而来；这两句话以平淡的面目，遮掩着那一往的深情，明眼人自会看出。书中所写，全是杭州的事；你若到过杭州，只看了目录，也便可约略知道的。

　　杭州是历史上的名都，西湖更为古今中外所称道，画意诗情，差不多俯拾即是。所以这本书若可以说有多少的诗味，那也是很自然的。西湖这地方，春夏秋冬，阴晴雨雪，风晨月夜，各有各的样子，各有各的味儿，取之不竭，受用不穷；加上绵延起伏的群山，错落隐现的胜迹，足够教你流连忘返。难怪平伯会在大洋里想着，会在睡梦里惦着！但"杭州城里"，在我们看，除了吴山，竟没有一毫可留恋的地方。象清河坊、城站，终日是喧阗的市声，想起来只会头晕罢了，居然也能引出平伯的那样怅惘的文字来，乍看真有些不可思议似的。

其实也并不奇。你若细味全书，便知他处处在写杭州，而所着眼的处处不是杭州。不错，他惦着杭州；但为什么与众不同地那样黏着地惦着？他在《清河坊》中也曾约略说起；这正因杭州而外，他意中还有几个人在——大半因了这几个人，杭州才觉可爱的。好风景固然可以打动人心，但若得几个情投意合的人，相与徜徉其间，那才真有味；这时候风景觉得更好。——老实说，就是风景不大好或竟是不好的地方，只要一度有过同心人的踪迹，他们也会老那么惦记着的。他们还能出人意表地说出这种地方的好处，象书中《杭州城站》《清河坊》一类文字，便是如此。再说我在杭州，也待了不少日子，和平伯差不多同时，他去过的地方，我大半也去过；现在就只有淡淡的影象，没有他那迷劲儿。这自然有许多因由，但最重要的，怕还是同在的人的不同吧？这种人并不在多，也不会多。你看这书里所写的，几乎只是和平伯有着几重亲的 H 君的一家人——平伯夫人也在内；就这几个人，给他一种温暖浓郁的氛围气。他依恋杭州的根源在此，他写这本书的感兴，其实也在此。就是那《塔砖歌》与《陀罗尼经歌》，虽象在发挥着"历史癖与考据癖"，也还是以 H 君为中心的。

近来有人和我论起平伯，说他的性情行径，有些象明朝人。我知道所谓"明朝人"，是指明末张岱、王思任等一派名士而言。这一派人的特征，我惭愧还不大弄得清楚；借了现在流行的话，大约可以说是"以趣味为主"的吧？他们只要自己好好地受用，什么礼法，什么世故，是满不在乎的。他们的文字也如其人，有着"洒脱"的气息。平伯究竟象这班明朝人不象，我虽不甚知道，但有几件事可以给他说明，你看《梦游》的跋里，岂不是说有两位先生猜那篇文象明朝人做的？平伯的高兴，从字里行间露出。这是自画的供招，可为铁证。标点《陶庵梦忆》，及在那篇跋里对于张岱的向往，可为旁证。而周岂明先生《杂拌儿》序里，将现在散文与明朝人的文章，相提并论，也是有力的参考。但我知道平伯并不曾着意去模仿那些人，只是性习有些相近，便尔暗合罢了；他自己起初是并未以此自期的；若先存了模仿的心，便只有因袭的气分，没有真情的流露，那倒又不象明朝人了。至于这种名士风是好是坏，合时宜不合时宜，要看你如何着眼；所谓见仁见智，各有不同——象《冬晚的别》《卖信纸》，我就觉得太"感伤"些。平伯原不管那些，我们也不必管；只从这点上去了解他的为人，他的文字，尤其是这本书便好。

这本书有诗，有谣，有曲，有散文，可称五光十色。一个人在一个题目上，这样用了各体的文字抒写，怕还是第一遭吧？我见过一本《水上》，是以西湖为题材的新诗集，但只是新诗一体罢了；这本书才是古怪的综合呢。书中文字颇有浓淡之别。《雪晚归船》以后之作，和《湖楼小撷》《芝田留梦记》等，显然是两个境界。平伯有描写的才力，但向不重视描写。虽不重视，却也不至厌倦，所以还有《湖楼小撷》一类文字。近年来他觉得描写太板滞，太繁缛，太矜持，简直厌倦起来了；他说他要素朴的趣味。《雪晚归船》一类东西便是以这种意态写下来的。这种"夹叙夹议"的体制，却并没有堕入理障中去；因为说得干脆，说得亲切，既不"隔靴搔痒"，又非"悬空八只脚"。这种说理，实也是抒情的一法；我们知道，"抽象""具体"的标准，有时是不够用的。至于我的欢喜，倒颇难确说，用杭州的事打个比方罢：书中前一类文字，好象昭贤寺的玉佛，雕琢工细，光润洁白；后一类呢，恕我拟不于伦，象吴山四景园驰名的油酥饼——那饼是入口即化，不留渣滓的，而那茶店，据说是"明朝"就有的。

《重过西园码头》这一篇，大约可以当得"奇文"之名。平伯虽是我的老朋友，而赵心馀却决不是，所以无从知其为人。他的文真是"下笔千言离题万里"。所好者，能从万里外一个筋斗翻了回来；"赵"之与"孙"，相去只一间，这倒不足为奇的。所奇者，他的文笔，竟和平伯一样；别是他的私淑弟子吧？其实不但"一样"，他那洞达名理，委曲述怀的地方，有时竟是出蓝胜蓝呢。最奇者，他那些经历有多少也和平伯雷同！这的的括括可以说是天地间的"无独有偶"了。呜呼！我们怎能起赵君于九原而细细地问他呢？

（十七年十二月十九晚，北平清华园。）

《谈美》序

新文化运动以来，文艺理论的介绍，各新杂志上常常看见；就中自以关于文学的为主，别的偶然一现而已。同时各杂志的插图却不断地复印西洋名画，不分时代，不论派别，大都凭编辑人或他们朋友的嗜好。也有选印雕像的，但比较少。他们有时给这些名作来一点儿说明，但不说明的时候多。青年们往往将杂志当水火，当饭菜；他们从这里得着美学的知识，正如从这里得着许多别的知识一样。他们也往往应用这点知识去欣赏，去批评别人的作品，去创造自己的。不少的诗文和绘画就如此形成。但这种东鳞西爪积累起来的知识只是"杂拌儿"；——还赶不上"杂拌儿"，因为"杂拌儿"总算应有尽有，而这种知识不然。应用起来自然是够苦的，够张罗的。

　　从这种凌乱的知识里，得不着清清楚楚的美感观念。徘徊于美感与快感之间，考据批评与欣赏之间，自然美与艺术美之间，常时自己冲突，自己烦恼，而不知道怎样去解那连环。又如写实主义与理想主义就象是难分难解的一对冤家，公说公有理，婆说婆有理，各有一套天花乱坠的话。你有时乐意听这一造的，有时乐意听那一造的，好教你左右做人难！还有近年来习用的"主观的""客观的"两个名字，也不只一回"缠夹二先生"。因此许多青年腻味了，索性一切不管，只抱着一条道理，"有文艺的嗜好就可以谈文艺"。这是"以不了了之"，究竟"谈"不出什么来。留心文艺的青年，除这等难处外，怕更有一个切身的问题等着解决的。新文化是"外国的影响"，自然不错；但说一般青年不留余地地鄙弃旧的文学艺术，却非真理。他们觉得单是旧的"注""话""评""品"等不够透彻，必须放在新的光里看才行。但他们的力量不够应用新知识到旧材料上去，于是只好搁浅，并非他们愿意如此。

　　这部小书便是帮助你走出这些迷路的。它让你将那些杂牌军队改编为正式军队；裁汰冗弱，补充械弹，所谓"兵在精而不在多"。其次指给你一些简截不绕弯的道路让你走上前去，不至于彷徨在大野里，也不至于彷徨在牛角尖里。其次它告诉你怎样在咱们的旧环境中应用新战术；它自然只能给你一两个例子看，让你可以举一反三。它矫正你的错误，针砭你的缺失，鼓励你走向前去。作者是你的熟人，他曾写给你《十二封信》；他的态度的亲切和谈话的风趣，你是不会忘记的。在这书里他的希望是很大的，他说：

悠悠的过去只是一片漆黑的天空，我们所以还能认识出来这漆黑的天空者，全赖思想家和艺术家所散布的几点星光。朋友，让我们珍重这几点星光！让我们也努力散布几点星光去照耀和那过去一般漆黑的未来。（第一章）

这却不是大而无当，远不可几的例话；他散布希望在每一个心里，让你相信你所能做的比你想你所能做的多。他告诉你美并不是天上掉下来的；它一半在物，一半在你，在你的手里。"一首诗的生命不是作者一个人所能维持住，也要读者帮忙才行。读者的想象和情感是生生不息的，一首诗的生命也就是生生不息的，它并非是一成不变的。"（第九章）"情感是生生不息的，意象也是生生不息的。……即景可以生情，因情也可以生景。所以诗是做不尽的。……诗是生命的表现。说诗已经做穷了，就不啻说生命已到了末日。"（第十一章）这便是"欣赏之中都寓有创造，创造之中也都寓有欣赏"（第九章）；是精粹的理解，同时结结实实地鼓励你。

孟实先生还写了一部大书，《文艺心理学》。但这本小册子并非节略；它自成一个完整的有机体，有些处是那部大书所不详的，有些是那里面没有的。——《人生的艺术化》一章是著明的例子；这是孟实先生自己最重要的理论。他分人生为广狭两义：艺术虽与"实际人生"有距离，与"整个人生"却并无隔阂；"因为艺术是情趣的表现，而情趣的根源就在人生。反之，离开艺术也便无所谓人生；因为凡是创造和欣赏都是艺术的活动。"他说："生活上的艺术家也不但能认真而且能摆脱。在认真时见出他的严肃，在摆脱时见出他的豁达。"又引西方哲人之说："至高的美在无所为而为的玩索"，以为这"还是一种美"。又说："一切哲学系统也都只能常作艺术作品去看。"又说："真理在离开实用而成为情趣中心时，就已经是美感的对象；……所以科学的活动也还是一种艺术的活动。"这样真善美便成了三位一体了。孟实先生引读者由艺术走入人生，又将人生纳入艺术之中。这种

"宏远的眼界和豁达的胸襟"，值得学者深思。文艺理论当有以观其会通；局于一方一隅，是不会有真知灼见的。

（二十一年四月，伦敦。）

《文艺心理学》序

八年前我有幸读孟实先生《无言之美》初稿，爱它说理的透彻。那篇讲稿后来印在《民铎》里，好些朋友都说好。现在想不到又有幸读这部《文艺心理学》的原稿，真是缘分。这八年中孟实先生是更广更深了，此稿便是最好的见证；我读完了，自然也感到更大的欣悦。

美学大约还得算是年轻的学问，给一般读者说法的书几乎没有；这可窘住了中国翻译介绍的人。据我所知，我们现有的几部关于艺术或美学的书，大抵以日文书为底本；往往薄得可怜，用语行文又太将就原作，象是西洋人说中国话，总不能够让我们十二分听进去。再则这类书里，只有哲学的话头，很少心理的解释，不用说生理的。象"高头讲章"一般，美学差不多变成丑学了。

奇怪的是"美育代宗教说"提倡在十来年前，到如今才有这部头头是道、醰醰有味的谈美的书。

"美育代宗教说"只是一回讲演；多少年来虽然不时有人提起，但专心致志去提倡的人并没有。本来这时代宗教是在"打倒"之列了，"代替"也许说不上了；不过"美育"总还有它存在的理由。江绍原先生和周岂明先生先后提倡过"生活之艺术"；孟实先生也主张"人生的艺术化"。他在《谈美》的末章专论此事，他说，"过一世生活好比做一篇文章"；又说，"艺术的创造之中都必寓有欣赏，生活也是如此"；又说，"生活上的艺术家也不但能认真，而且能摆脱。在认真时见出他的严肃，在摆脱时见出他的豁达"；又说，"不但善与美是一体，真与美也无隔阂"。——关于这句抽象的结论，他有透彻的说明，不仅仅搬弄文字。这种艺术的态度便是"美育"的目标所在。

话是远去了，简截不绕弯地说罢。你总该不只一回念过诗，看过书画，听过音乐，看过戏（西洋的也好，中国的也好）；至少你总该不只一回见过"真山真水"，至少你也该见过乡村郊野。你若真不留一点意，也就罢了；若你觉得"美"而在领略之余还要好奇地念着"这是怎么回事"，我介绍你这部书。人人都应有念诗看书画等权利与能力，这便是"美育"；事实上不能如此，那当别论。美学是"美育"的"百尺竿头更进一步"，或者说是拆穿"美"的后台的。有人想，这种寻根究底的追求已入理知境界，不独不能增进"美"的欣赏，怕还要打消情意的力量，使人索然兴尽。所谓"七宝楼台，拆碎不成片段"，正可用作此解。但这里是一个争论；世间另有人觉得明白了欣赏和创造的过程可以得着更准确的力量，因为也明白了走向"美"的分歧的路。至于知识的受用，还有它独立的价值，自然不消说的。何况这部《文艺心理学》写来自具一种"美"，不是"高头讲章"，不是教科书，不是咬文嚼字或繁征博引的推理与考据；它步步引你入胜，断不会教你索然释手。

这是一部介绍西洋近代美学的书。作者虽时下断语，大概是比较各家学说的同异短长，加以折衷或引申。他不想在这里建立自己的系统，只简截了当地分析重要的纲领，公公道道地指出一些比较平坦的大路。这正是眼前需要的基础工作。我们可以用它作一面镜子，来照自己的面孔，也许会发现新的光彩。书中虽以西方文艺为论据，但作者并未忘记中国；他不断地指点出来，关于中国文艺的新见解是可能的。所以此书并不是专写给念过西洋诗，看过西洋画的人读的。他这书虽然并不忽略重要的哲人的学说，可是以"美感经验"开宗明义，逐步解释种种关联的心理的，以及相伴的生理的作用，自是科学的态度。在这个领域内介绍这个态度的，中国似乎还无先例；一般读者将乐于知道直到他们自己的时代止的对于美的事物的看法。孟实先生的选择是煞费苦心的；他并不将一大堆人名与书名向你头顶上直压下来，教你望而却步或者皱着眉毛走上去，直到掉到梦里而后已。他只举出一些继往开来的学说，为一般读者所必需知道的。所以你念下去时，熟人渐多，作者这样腾出地位给每一家学说足够的说明和例证，你这样也便于捉摸、记忆。

但是这部书并不是材料书，孟实先生是有主张的。他以他所主张的为取舍衡量的标准；折衷和引申都从这里发脚。有他自己在里面，便与教科书或类书不同。他可是并不褊狭，相反的理论在书中有同样充分的地位；这样的比较其实更可阐明他所主张的学说——这便是"形象的直觉"。孟实先生说："凡美感经验都是形象的直觉。……形象属于物，……直觉属于我，……在美感经验中，我所以接物者是直觉而不是寻常的知觉和抽象的思考；物所以对我者是形象而不是实质成因和效用。"（第一章）他在这第一章里说明美感的态度与实用的及科学的态度怎样不同，美感与快感怎样不同，美感的态度又与批评的态度怎样不同。末了他说明美感经验与历史的知识的关系；他说作者的史迹就了解说非常重要，而了解与欣赏虽是两件事，却不可缺一。这种持平之论，真是片言居要，足以解释许多对于考据家与心解家的争执。

全书文字象行云流水，自在极了。他象谈话似的，一层层领着你走进高深和复杂里去。他这里给你来一个比喻，那里给你来一段故事，有时正经，有时诙谐；你不知不觉地跟着他走，不知不觉地"到了家"。他的句子、译名、译文都痛痛快快的，不扭捏一下子，也不尽绕弯儿。这种"能近取譬""深入显出"的本领是孟实先生的特长。可是轻易不能做到这地步；他在《谈美》中说写此书时"要先看几十部书才敢下笔写一章"，这是谨严切实的功夫。他却不露一些费力的痕迹，那是功夫到了家。他让你念这部书只觉得他是你自己的朋友，不是长面孔的教师、宽袍大袖的学者，也不是海角天涯的外国人。书里有不少的中国例子，其中有不少有趣的新颖的解释：譬如"文气""生气""即景生情，因情生景"，岂不都已成了烂熟的套语？但孟实先生说文气是"一种筋肉的技巧"（第八章），生气就是"自由的活动"（第六章），"即景生情，因情生景"的"生"就是"创造"（第三章）。最有意思的以"意象的旁通"说明吴道子画壁何以得力于裴旻的舞剑，以"模仿一种特殊的筋肉活动"说明王羲之观鹅掌拨水，张旭观公孙大娘舞剑而悟书法（第十三章），又据佛兰斐尔的学说，论王静安先生《人间词话》中所谓"有我之境"实是无我之境，所谓"无我之境"倒是有我之境（第三章）①。这些都是人情人理的解释，非一味立异可比。更重要的是从近代艺术反写实主义的立场为中国艺术辩护（第二章）。他是在这里指出一个大问题；近年来国内也渐渐有人论及，此书可助他们张目。东汉时蔡邕得着王充《论衡》，资为谈助；《论衡》自有它的价值，决不仅是谈助。此书性质与《论衡》迥不相类，而兼具两美则同：你想得知识固可读它，你想得一些情趣或谈资也可读它；如入宝山，你决不会空手回去的。

（一九三二年四月，伦敦。）

---

① 作者注：这一段已移到《诗论》里去了。

失名《冬天》跋

我今夏在扬州审查小学国文成绩；偶然从一本国民学校底文课里，看到这一句。当时颇欢喜，以为很象日本底俳句；只有儿童纯洁柔美的小心里，才有这样轻妙的句子流露。又以为他实兼写景抒情之美。后来钞给平伯看，平伯也以为佳。

原文无题目，无句读，也不曾分行。现在却用句首二字作题，又加了标点，分两行写了，但这都没大关系。

（二一，一一，七，在上海。《诗》第一卷第一期。）

《文心》序

　　记得在中学校的时候，偶然买到一部《姜园课蒙草》，一部彪蒙书室的《论说入门》，非常高兴。因为这两部书都指示写作的方法。那时的国文教师对我们帮助很少，大家只茫然地读，茫然地写；有了指点方法的书，仿佛夜行有了电棒。后来才知道那两部书并不怎样高明，可是当时确得了些好处。——论读法的著作，却不曾见，便吃亏不少。按照老看法，这类书至多只能指示童蒙，不登大雅。所以真配写的人都不肯写；流行的很少象样的，童蒙也就难得到实惠。

　　新文学运动以来，这一关总算打破了。作法读法的书多起来了；大家也看重起来了。自然真好的还是少，因为这些新书——尤其是论作法的——往往泛而不切；

假如那些旧的是恓饤琐屑，束缚性灵，这些新的又未免太无边际，大而化之了——这当然也难收实效的。再说论到读法的也太少；作法的偏畸的发展，容易使年轻人误解，以为只要晓得些作法就成，用不着多读别的书。这实在不是正路。

丏尊、圣陶写下《文心》这本"读写的故事"，确是一件功德。书中将读法与作法打成一片，而又能近取譬，切实易行。不但指点方法，并且着重训练；徒法不能自行，没有训练，怎么好的方法也是白说。书中将教学也打成一片，师生亲切的合作才可达到教学的目的。这些年颇出了些中学教学法的书，有一两本确是积多年的经验与思考而成。但往往失之琐碎，又侧重督责一面，与本书不同。本书里的国文教师王先生不但认真，而且亲切。他那慈祥和蔼的态度，教学生不由地勤奋起来，彼此亲亲昵昵地讨论着，没有一些浮嚣之气。这也许稍稍理想化一点，但并非不可能的。所以这本书不独是中学生的书，也是中学教师的书。再则本书是一篇故事，故事的穿插，一些不缺少；自然比那些论文式纲举目张的著作容易教人记住——换句话说，收效自然大些。至少在这一件上，这是一部空前的书。丏尊、圣陶都做过多少年的教师，他们都是能感化学生的教师，所以才写得出这样的书。丏尊与刘薰宇先生合写过《文章作法》，圣陶写过《作文论》。这两种在同类的著作里是出色的，但现在这一种却是他们的新发展。

自己也在中学里教过五年国文，觉得有三种大困难。第一，无论是读是作，学生不容易感到实际的需要。第二，读的方面，往往只注重思想的获得而忽略语汇的扩展、字句的修饰、篇章的组织、声调的变化等。第三，作的方面，总想创作又急于发表。不感到实际的需要，读和作都只是为人，都只是奉行功令，自然免不了敷衍，游戏。只注重思想而忽略训练，所获得的思想必是浮光掠影。因为思想也就存在语汇、字句、篇章、声调里；中学生读书而只取其思想，那便是将书里的话用他们自己原有的语汇等等重记下来，一定是相去很远的变形。这种变形必失去原来思想的精彩而只存其轮廓，没有什么用处。总想创作，最容易浮夸，失望；没有忍耐而求近功，实在是苟且的心理。——这似乎是实际的需要，细想却决非"实际的"。本书对于这三件都已见到；除读的一面引起学生实际的需要还是暂无办法外（第一章，周枚叔论"编中学国文教本之不易"），其余都结实地分析讨论，有了补救的路子（如第三章论"作文是生活中间的一个项目"，第九章朱志青论"文病"，第十四章王先生论"读文声调"，第十七章论"语汇与语感"，第二十九章论"习作创作与应用"）。此外，本书中的议论也大都正而不奇，平而不倚，无畸新畸旧之嫌，最宜于年轻人。譬如第十四章论"读文声调"，第十六章论"现代的习字"，乍看仿佛复古，细想便知这两件事实在是基本的训练，不当废而不讲。又如第十五章论"无别择地迷恋古书之非"，也是应有之论，以免学生钻入牛角尖里去。

最后想说说关于本书的故事。本书写了三分之二的时候，丐尊、圣陶做了儿女亲家。他们俩决定将本书送给孩子们做礼物。丐尊的令嫒满姑娘，圣陶的令郎小墨君，都和我相识；满更是我亲眼看见长大的。孩子都是好孩子，这才配得上这件好礼物。我这篇序也就算两个小朋友的订婚纪念罢。

（二十三年五月十七日，北平清华园。）

《中国新文学大系》诗集导言

一

胡适之氏是第一个"尝试"新诗的人，起手是民国五年七月。[①] 新诗第一次出现在《新青年》四卷一号上，作者三人，胡氏之外，有沈尹默、刘半农二氏；诗九首，胡氏作四首，第一首便是他的《鸽子》。这时是七年正月。他的《尝试集》，我们第一部新诗集，出版是在九年三月。

清末夏曾佑、谭嗣同诸人已经有"诗界革命"的志愿，他们所作"新诗"，却不过检些新名词以自表异。只

---

① 《胡适文存》一，《尝试集·自序》。

有黄遵宪走得远些，他一面主张用俗话作诗——所谓
"我手写我口"——，一面试用新思想和新材料——所谓
"古人未有之物，未辟之境"——入诗。① 这回"革命"
虽然失败了，但对于民七的新诗运动，在观念上，不在
方法上，却给予很大的影响。

不过最大的影响是外国的影响。梁实秋氏说外国的
影响是白话文运动的导火线：他指出美国印象主义者六
戒条里也有不用典，不用陈腐的套语；新式标点和诗的
分段分行，也是模仿外国；而外国文学的翻译，更是明
证。② 胡氏自己说《关不住了》一首是他的新诗成立的
纪元③，而这首诗却是译的，正是一个重要的例子。

新诗运动从诗体解放下手；胡氏以为诗体解放了，
"丰富的材料，精密的观察，高深的理想，复杂的感情，
方才能跑到诗里去"④。这四项其实只是泛论，他具体的
主张见于《谈新诗》。消极的不作无病之呻吟，积极的
以乐观主义入诗。他提倡说理的诗。音节，他说全靠：
（一）语气的自然节奏；（二）每句内部所用字的自然和

---

① 《胡适文存》二，《五十年来中国之文学》。
② 《浪漫的与古典的》六—— 一二面。
③ 《胡适文存》一，《尝试集·再版自序》。
④ 《胡适文存》一。

谐，平仄是不重要的。用韵，他说有三种自由：（一）用现代的韵；（二）平仄互押；（三）有韵固然好，没有韵也不妨。方法，他说须要用具体的做法。[①] 这些主张大体上似乎为《新青年》诗人所共信；《新潮》《少年中国》《星期评论》，以及文学研究会诸作者，大体上也这般作他们的诗。《谈新诗》差不多成为诗的创造和批评的金科玉律了。

那正是"五四"之后，[②] 刚在开始一个解放的时代。《谈新诗》切实指出解放后的路子，彷徨着的自然都走上去。乐观主义，旧诗中极罕见；胡氏也许受了外来影响，但总算是新境界；同调的却只有康白情氏一人。说理的诗可成了风气，那原也是外国影响。[③] 直到民十五止，这个风气才渐渐的衰下去；但在徐志摩氏的诗里，还可寻着多少遗迹。"说理"是这时期诗的一大特色。照周启明氏看法，这是古典主义的影响，却太晶莹透澈了，缺少了一种余香与回味。[④]

民七以来，周氏提倡人道主义的文学；所谓人道主

---

① 《胡适文存》一。

② 《谈新诗》作于八年十月。

③ 《尝试集·自序》。

④ 《扬鞭集·序》。

义，指"个人主义的人间本位主义"而言。[①]这也是时代的声音，至今还为新诗特色之一。胡适之氏《人力车夫》《你莫忘记》也正是这种思想，不过未加提倡罢了。——胡氏后来却提倡"诗的经验主义"[②]，可以代表当时一般作诗的态度。那便是以描写实生活为主题，而不重想象，中国诗的传统原本如此。因此有人称这时期的诗为自然主义。[③]这时期写景诗特别发达[④]，也是这个缘故。写景诗却是新进步；胡氏《谈新诗》里的例可见。

自然音节和诗可无韵的说法，似乎也是外国"自由诗"的影响。但给诗找一种新语言，决非容易，况且旧势力也太大。多数作者急切里无法丢掉旧诗词的调子；但是有死用活用之别。胡氏好容易造成自己的调子，变化可太少。康白情氏解放算彻底的，他能找出我们语言的一些好音节，《送客黄浦》便是；但集中名为诗而实是散文的却多。只有鲁迅氏兄弟全然摆脱了旧镣铐，周启明氏简直不大用韵。他们另走上欧化一路。走欧化一路的后来越过越多。——这说的欧化，是在文法上。

① 《新青年》五卷六号《人的文学》。

② 《尝试集》四版《梦与诗跋》。

③ 《诗歌》(在日本出版)创刊号。

④ 余冠英《论新诗》(清华大学毕业论文)。

"具体的做法"不过用比喻说理，可还是缺少余香与回味的多。能够浑融些或精悍些的便好。象周启明氏的《小河》长诗，便融景入情，融情入理。至于有意的讲究用比喻，怕要到李金发氏的时候。

这时期作诗最重自由。梁实秋氏主张有些字不能入诗，周启明氏不以为然，引起一场有趣的争辩。[1]但商务印书馆主人却非将《将来之花园》中"小便"删去不可。另一个理想是平民化，当时只俞平伯氏坚持，他"要恢复诗的共和国"；康白情氏和周启明氏都说诗是贵族的。诗到底怕是贵族的。

这时期康白情氏以写景胜，梁实秋氏称为"设色的妙手"[2]；写情如《窗外》拟人法的细腻，《一封没写完的信》那样质朴自然，也都是新的。又《鸭绿江以东》《别少年中国》，悲歌慷慨，令人奋兴。——只可惜有些诗作的太自由些。俞平伯氏能融旧诗的音节入白话，如《凄然》；又能利用旧诗里的情境表现新意，如《小劫》；写景也以清新著，如《孤山听雨》。《呓语》中有说理浑融之作；《乐谱中之一行》颇作超脱想。《忆》是有趣的尝

---

① 十一年五月及六月《晨报副刊》。

② 《冬夜草儿评论》。

试，童心的探求，时而一中，教人欢喜赞叹。

中国缺少情诗，有的只是"忆内""寄内"，或曲喻隐指之作，坦率的告白恋爱者绝少，为爱情而歌咏爱情的更是没有。[①] 这时期新诗做到了"告白"的一步。《尝试集》的《应该》最有影响，可是一半的趣味怕在文字的缴绕上。康白情氏《窗外》却好。但真正专心致志做情诗的，是"湖畔"的四个年轻人。他们那时候差不多可以说生活在诗里。潘漠华氏最凄苦，不胜掩抑之至；冯雪峰氏明快多了，笑中可也有泪；汪静之氏一味天真的稚气；应修人氏却嫌味儿淡些。

周启明氏民十翻译了日本的短歌和俳句[②]，说这种体裁适于写一地的景色，一时的情调，是真实简炼的诗。[③] 到处作者甚众。但只剩了短小的形式：不能把捉那刹那的感觉，也不讲字句的经济，只图容易，失了那曲包的余味。周氏自己的翻译，实在是创作；别的只能举《论小诗》里两三个例，和何植三氏《农家的草紫》一小部

---

① 钱锺书 On "*Old Chinese Poetry*". The China Critic, Vol. VI, No. 50.

② 《小说月报》十二卷五号。

③ 《论小诗》。

分。也在那一年，冰心女士发表了《繁星》[①]，第二年又出了《春水》，她自己说是读太戈尔而有作；一半也是衔接着那以诗说理的风气。民十二宗白华氏的《流云》小诗，也是如此。这是所谓哲理诗，小诗的又一派。两派也都是外国影响，不过来自东方罢了。《流云》出后，小诗渐渐完事，新诗跟着也中衰。

白采的《赢疾者的爱》一首长诗[②]，是这一路诗的押阵大将。他不靠复沓来维持它的结构，却用了一个故事的形式。是取巧的地方，也是聪明的地方。虽然没有持续的想象，虽然没有奇丽的比喻，但那质朴，那单纯，教它有力量。只可惜他那"优生"的理在诗里出现，还嫌太早，一般社会总看得淡淡的远远的，与自己水米无干似的。他读了尼采的翻译，多少受了他一点影响。

和小诗运动差不多同时[③]，一支异军突起于日本留学界中，这便是郭沫若氏。他主张诗的本职专在抒情，在自我表现，诗人的利器只有纯粹的直观；他最厌恶形式，而以自然流露为上乘，说"诗不是'做'出来的，只是'写'出来的"。他说：

① 《晨报副刊》。
② 十四年四月出版。
③ 《女神》，十年八月出版。

只要是我们心中的诗意诗境底纯真的表现，命泉中流出来的 Strain，心琴上弹出来的 Melody，生底颤动，灵底喊叫，那便是真诗，好诗，便是我们人类底欢乐底源泉，陶醉的美酿，慰安的天国。④

　　"诗是写出来的"一句话，后来让许多人误解了，生出许多恶果来；但于郭氏是无损的。他的诗有两样新东西，都是我们传统里没有的：——不但诗里没有——泛神论，与二十世纪的动的和反抗的精神。⑤中国缺乏冥想诗。诗人虽然多是人本主义者，却没有去摸索人生根本问题的。而对于自然，起初是不懂得理会；渐渐懂得了，又只是观山玩水，写入诗只当背景用。⑥看自然作神，作朋友，郭氏诗是第一回。至于动的和反抗的精神，在静的忍耐的文明里，不用说更是没有过的。不过这些也都是外国影响。——有人说浪漫主义与感伤主义是创造社的特色，郭氏的诗正是一个代表。

────────────

④　以上分见《三叶集》四五、一三三、一七、六、七各面。
⑤　《创造周报》四号。
⑥　十一年五月及六月《晨报副刊》。

二

十五年四月一日，北京《晨报诗镌》出世。这是闻一多、徐志摩、朱湘、饶孟侃、刘梦苇、于赓虞诸氏主办的。他们要"创格"，要发现"新格式与新音节"。[①]闻一多氏的理论最为详明，他主张"节的匀称""句的均齐"，主张"音尺"，重音，韵脚。[②]他说诗该具有音乐的美，绘画的美，建筑的美；音乐的美指音节，绘画的美指词藻，建筑的美指章句。他们真研究，真实验；每周有诗会，或讨论，或诵读。梁实秋氏说，"这是第一次一伙人聚集起来诚心诚意的试验作新诗"[③]。虽然只出了十一号，留下的影响却很大——那时大家都做格律诗；有些从前极不顾形式的，也上起规矩来了。"方块诗""豆腐干块"等等名字，可看出这时期的风气。

新诗形式运动的观念，刘半农氏早就有。他那时主张：（一）"破坏旧韵，重造新韵"；（二）"增多诗体"。

---

① 《诗刊·弁言》。

② 《诗镌》七号，又《诗刊》创刊号梁实秋文。音尺即节，二字的为二音尺，三字的为三音尺。闻主张每诗各行音尺数目，应求一律。

③ 《诗刊》创刊号。

"增多诗体"又分自造，输入他种诗体，有韵诗外别增无韵诗三项，后来的局势恰如他所想。"重造新韵"主张以北平音为标准，由长于北平语者造一新谱。[①] 后来也有赵元任氏作了《国音新诗韵》。出版时是十二年十一月，正赶上新诗就要中衰的时候，又书中举例，与其说是诗，不如说是幽默；所以没有引起多少注意。但分韵颇妥贴，论轻音字也好，应用起来倒很方便的。

第一个有意实验种种体制，想创新格律的，是陆志韦氏。他的《渡河》问世在十二年七月。他相信长短句是最能表情的作诗的利器；他主张舍平仄而取抑扬，主张"有节奏的自由诗"和"无韵体"。那时《国音新诗韵》还没出，他根据王璞氏的《京音字汇》，将北平音并为二十三韵。[②] 这种努力其实值得钦敬，他的诗也别有一种清淡风味；但也许时候不好吧，却被人忽略过去。

《诗镌》里闻一多氏影响最大。徐志摩氏虽在努力于"体制的输入与试验"，却只顾了自家，没有想到用理论来领导别人。闻氏才是"最有兴味探讨诗的理论和艺术的"[③]；徐氏说他们几个写诗的朋友多少都受到《死水》

---

① 《新青年》三卷三号。

② 以上均见《渡河·自序》。

③ 均见《猛虎集》序文。

作者的影响。① 《死水》前还有《红烛》，讲究用比喻，又喜欢用别的新诗人用不到的中国典故，最为繁丽，真教人有艺术至上之感。《死水》转向幽玄，更为严谨；他作诗有点象李贺的雕镂而出，是靠理智的控制比情感的驱遣多些。但他的诗不失其为情诗。另一面他又是个爱国诗人，而且几乎可以说是唯一的爱国诗人。

　　但作为诗人论，徐氏更为世所知。他没有闻氏那样精密，但也没有他那样冷静。他是跳着溅着不舍昼夜的一道生命水。他尝试的体制最多，也译诗；最讲究用比喻——他让你觉着世上一切都是活泼的，鲜明的。陈西滢氏评他的诗，所谓不是平常的欧化，按说就是这个。又说他的诗的音调多近羯鼓铙钹，很少提琴洞箫等抑扬缠绵的风趣②，那正是他老在跳着溅着的缘故。他的情诗，为爱情而咏爱情；不一定是实生活的表现，只是想象着自己保举自己作情人，如西方诗家一样。③ 但这完全是新东西，历史的根基太浅，成就自然不大——一般读者看起来也不容易顺眼。闻氏作情诗，态度也相同；

―――――――――――

　　① 均见《猛虎集》序文。

　　② 《西滢闲话》三四二——三四三面。

　　③ Harold Acton, *Contemporary Chinese Poetry*, Poetry Vol. XL VI, No.1.

他们都深受英国影响，不但在试验英国诗体，艺术上也大半模仿近代英国诗。[①] 梁实秋氏说他们要试验的是用中文来创造外国诗的格律，装进外国式的诗意。[②] 这也许不是他们的本心，他们要创造中国的新诗，但不知不觉写成西洋诗了。[③] 这种情形直到现在，似乎还免不了。他也写人道主义的诗。

留法的李金发氏又是一支异军；他民九就作诗，但《微雨》出版已经是十四年十一月。"导言"里说不顾全诗的体裁，"苟能表现一切"；他要表现的是"对于生命欲挪揄的神秘及悲哀的美丽"。[④] 讲究用比喻，有"诗怪"之称[⑤]；但不将那些比喻放在明白的间架里。他的诗没有寻常的章法，一部分一部分可以懂，合起来却没有意思。他要表现的不是意思而是感觉或情感；仿佛大大小小红红绿绿一串珠子，他却藏起那串儿，你得自己穿着瞧。这就是法国象征诗人的手法；李氏是第一个人介绍它到

---

① 《诗刊》创刊号。

② 同上。

③ 十四年十二月十二日《晨报副刊》刘梦苇文。

④ 《美育杂志》二期黄参岛文。

⑤ 同上。

中国诗里。许多人抱怨看不懂，许多人却在模仿着。他的诗不缺乏想象力，但不知是创造新语言的心太切，还是母舌太生疏，句法过分欧化，教人象读着翻译；又夹杂着些文言里的叹词语助词，更加不象——虽然也可以说是自由诗体制。他也译了许多诗。

后期创造社三个诗人，也是倾向于法国象征派的。但王独清氏所作，还是拜伦式的雨果式的为多；就是他自认为仿象征派的诗，也似乎豪胜于幽，显胜于晦。穆木天氏托情于幽微远渺之中，音节也颇求整齐，却不致力于表现色彩感。冯乃超氏利用铿锵的音节，得到催眠一般的力量，歌咏的是颓废、阴影、梦幻、仙乡。他诗中的色彩感是丰富的。

戴望舒氏也取法象征派。他译过这一派的诗。他也注重整齐的音节，但不是铿锵的而是轻清的；也找一点朦胧的气氛，但让人可以看得懂；也有颜色，但不象冯乃超氏那样浓。他是要把捉那幽微的精妙的去处。姚蓬子氏也属于这一派；他却用自由诗体制。在感觉的敏锐和情调的朦胧上，他有时超过别的几个人。——从李金发氏到此，写的多一半是情诗。他们和《诗镌》诸作者相同的是，都讲究用比喻，几乎当作诗的艺术的全部；不同的是，不再歌咏人道主义了。

若要强立名目，这十年来的诗坛就不妨分为三派：自由诗派，格律诗派，象征诗派。

（二十四年八月十一日，写毕于北平清华园。）

《西南采风录》序

古代有采风的传说。说是每年七八月间，天子派了使者，乘着轻车到各处去采集歌谣。各国也都设着太师的官，专管采集歌谣。目的是在"观风俗，知厚薄"，一面也可以供歌唱。这叫作采风，是一种要政。这传说有好几种变形。有人说是在每年四月开始农作的时候，行人的官摇着木铃子随地聚众采访歌谣。又有人说，男女六十岁以上没有儿子，便叫他们穿上花衣服带着乐器，去采访歌谣。这些都说得很认真，可惜都不是实际的制度，都只是理想。原来汉武帝时确有过采集歌谣的工作，那完全是为了歌唱。一般学者看了这件事，便创造出一个采风的理想，安排在美丽的古代。但后来人很相信这个传说。白居易曾经热烈地希望恢复这个制度，他不知道这个制度原是不曾有过的。

民国六年，北京大学成立了歌谣研究会，开始征集歌谣。他们行文到各省教育厅，请求帮助。一面提倡私人采集。这成了一种运动。目的确不是政治的，音乐的，而是文艺的，学术的。他们要将歌谣作为新诗的参考，要将歌谣作为民俗研究的一种张本。这其间私人采集的成绩很好。二十年来出了好些歌谣集，是很有意义的"材料的记录"。这些人采集歌谣，大概是请教各人乡里的老人孩子。这中间自然有许多劳苦艰难，但究竟是同乡，方言和习惯都没有多少隔阂的地方，比在外乡总好办得多。这回南开大学的同学山东刘兆吉先生在西南采集歌谣，却是在外乡；这需要更多的毅力。刘先生居然能采到八百多首，他的成绩是值得赞美的。

刘先生是长沙临时大学步行团的一员。他从湖南过贵州到云南，三千里路费了三个月。在开始的时候，他就决定从事采集歌谣的工作。一路上他也请教老人和孩子；有时候他请小学教师帮忙，让小朋友们写他们所知道的歌谣。但他是外乡人，请教人的时候，有些懒得告诉他；有些是告诉他了，他却不见得能够听懂每一个字。这些时候，他得小心的再三的请教。有小学教师帮助，自然方便得多。但有的教师觉得真正的歌谣究竟"不登大雅"；他们便教小朋友们只写些文绉绉的唱歌儿充数。这是一眼就看得出的，刘先生只得割爱，因为他要的是歌谣。他这样辛辛苦苦的搜索、记录、分辨，又几番的校正，几番的整理，成了这本小书。他这才真是采风呢。他以个人的力量来做采风的工作，可以说是前无古人。

他将采集的歌谣分为六类。就中七言四句的"情歌"最多。这就是西南流行的山歌，四百多首里有三分之一可以说是好诗。这中间不缺少新鲜的话句和特殊的地方色彩，读了都可以增扩我们自己。还有"抗战歌谣"和"民怨"两类，虽然没有什么技巧，却可以看出民众的敌忾和他们对政治的态度；这真可以"观风俗"了。历来各家采集的歌谣，大概都流传已久；新唱出来的时事歌谣，非象刘先生这样亲历民间，是不容易得到的。书中所录，偶有唱本。刘先生所经各地，有些没能采得歌谣，他便酌选唱本，弥补这个缺憾。但是唱本多出于文人之手，不同歌谣的自然，似乎还是分开好些。刘先生采集歌谣，也有些猥亵的，因不适于一般读者，都已删去。总之，这是一本有意义的民俗的记录；刘先生的力量是不会白费的。

（一九三九年。）

钟明《呕心苦唇录》序

　　和钟明分别好几年了，今年夏天在重庆匆匆一见，谈得很高兴。他的工作很忙，工作的兴致很好。但那一见太匆匆了，没有来得及问他这几年的经过的细节；这些也是我乐意知道的。近来他让他的弟弟钟兴先生送来他七年来所发表的文字，说要出一本书，请我作一篇序，我细读了这些文字，仿佛听他自己告诉我这几年的故事似的，觉得津津有味。这就弥补了我们夏天见面时的缺憾了。

　　这些文字多半是议论和杂感，也有叙事的，题材虽然都是陈旧的踪迹了，可是读起来并不缺少新鲜的趣味。因为有些题材和我们关系太大、太切，我们不会忘记。而钟明那管笔圆转自如，举重若轻，也教人不会倦。这些文字里有许多处论到抗战前的中日关系，可以见出钟明的热情和苦心；当时读了他的议论一定会抑郁不堪的。可是现在读起来轻松得多了。我们抗战已上了第六年，而且胜利的日子越过越近了。我们毕竟抬起头来了。读钟明的这种文字，真象吃了橄榄在回甜。感慨和安慰交织在我的心里，这一段儿过去真在我眼前活着。

钟明的职务似乎不能离开宣传，可是读他的文字，并不觉得他在宣传。一般的宣传有时不免夸张，有时不免刻厉；这就教人不敢轻易相信，而且时有戒心，不容易跟宣传者打成一片。钟明的文字却只娓娓说来，不装门面，不摆架子，而能引人入胜。他能让读者和他水乳交融——至少在读他的文字时如此。他是一个很好的记者，虽然并未加入记者群。记者的写作，最要紧的是亲切；这正是钟明的长处。

钟明在《呕心苦唇录·自序》里说"虽皆芜语，悉出至诚"，惟其"悉出至诚"，才能亲切有味。宣传与写作都不能缺少这种至诚的态度。他又在他的《第二集自序》里说："其中典礼集会之词，标新立异固不可，机械陈腐亦不可，每殚精极思，广事征引，而学识肤浅，语焉不畅。"这也是至诚的态度的表现。钟明的文字读起来象流水一般，其实是经过一番惨澹经营来的。

钟明正在壮年，他的事业和文章都有无限的前途，本书不过发轫罢了，我们对于他的期望是很大的。

（一九四二，昆明。）

序叶氏兄弟的第二个集子

　　这是叶氏男女兄弟三人的第二个集子。第一集《花萼》里杂文多，这一集里小说多。但是这些小说似乎还是以纪实为主。这种写实的态度是他们写作的根本态度，也是他们老人家圣陶兄写作的根本态度。圣陶兄自然给了他们很大的影响，可是他们也在反映这个写实的理智的时代。他们相当的客观和冷静，多一半是时代的表现。

　　圣陶兄是我的老朋友。我佩服他和夫人能够让至善兄弟三人长成在爱的氛围里，却不沈溺在爱的氛围里。他们不但看见自己一家，还看见别的种种人；所以虽然年轻，已经多少认识了社会的大处和人生的深处，而又没有那玩世不恭的满不在乎的习气。言为心声，他们的作品便透露着这些。他们的写实并不是无情的，尽有忧愤蕴藏在那平淡里。不过究竟年轻，笔端虽然时而触着人生的深处。到了一本正经发议论，就好象还欠点儿火候。

至善是学科学的，他的写作细密而明确，可见他的训练的切实。《花萼》中《成都盆地的溪沟》和《脚划船》二篇读起来娓娓有味。本集里《某种人物》和《雅安山水人物》从大自然钻进社会里，见出人格的发展，难得的还是这么细密而明确，《雅安山水人物》里"背子"的描写便是适当的例子。至诚虽是个小弟弟，又是个"书朋友"，他的观察力和记忆力却骎骎乎与大哥异曲同工。《ㄈㄨ鱼》和《成都农家的春天》，尤其是后者，真乃头头是道，历历如画。他对于人生的体会也有深到处，如《花萼》里《宣传》篇所暗示的，意味便很长。

但更可注意的也许是他那篇拟索洛延的小说，《看戏》。索洛延本以"孩子话"著名，还带着几分孩子气的至诚，拟来自然容易象些。可是难在有我，这里有他的父亲和母亲，有中国这个时代，有他自己的健康的顽皮和机智，便不是一步一趋的拟作了。这兄弟三人由杂文向小说进展，倒是一条平整的通达的路。前些年的小品散文偏重抒情和冷讽，跟小说也许隔得远些，现在的杂文偏重在报告和批评，范围宽了，跟小说也就近了。打稳了杂文的底子再来写小说，正是循序渐进的大路。兄弟三人似乎都在向这方面努力，而至美的努力最大。

种种小说虽然巧妙不同，但是铸造性格铸造人物似乎是基本工作，就象学画的必得从木炭画下手。至美已经看到这一着。她写《门房老陈》和《江大娘》，已经能够教他们凸起在纸上。她能够捉摸着他们单纯的特性，重复而有变化的烘托着，教读者爱上这些人物。这些人物的世界好象跟读者隔得那么远，可是又靠得这么近似的。这就是至美的努力了。

我初次看见这兄弟三人的时候，他们还都是些孩子，记得还和他们在圣陶兄的亭子间里合照过一张相来。这张照相该还在那儿箱底下存着罢。现在看见他们长大成人，努力发展，找到了自己的路，难能可贵的是不同而同的路，我真高兴。我是乐于给他们的联珠续集写这篇序的。

北平诗

——《北望集》序

　　离开北平上六年了，朋友们谈天老爱说到北平这个那个的，可是自个儿总不得闲好好的想北平一回。今天下午读了马君玠先生这本诗集，不由得悠然想起来了。这一下午自己几乎忘了是在甚么地方，跟着马先生的诗，朦朦胧胧的好象已经在北平的这儿那儿，过着前些年的日子，那些红墙黄瓦的宫苑带着人到画里去，梦里去。都儿黯淡，幽寂，可是自己融化在那黯淡和幽寂里，仿佛无边无际的大。北平也真大：

> 长城是衣领，围护在苍白的颊边，
>
> 永定河是一条绣花带子，在它腰际蜿蜒。
>
> 　　　　　　　　　　　（《行军吟》之五）

城圈儿大，可是城圈儿外更大：那圆明园，那颐和园，可不都在城圈儿外？东西长安街够大的。可是那些小胡同也够大的：

> 巷内
> 有卖硬面饽饽的，
> 跟随着一曲胡琴，
> 踱过熟习的深巷。
>
> （《秋兴》之八）

久住在北平的人便知道这是另一个天地，自己也会融化在里头的。——北平的大尤其在天高气爽的秋季和人踪稀少的深夜；这巷内其实是无边无际的静。马先生和我都曾是清华园的住客，他也带着我到了那儿：

> 路边的草长得高与人齐，
> 遮没年年开了又谢的百合花。
> 屋子里生长着灰绿色的霉，有谁坐在
> 圈椅里度曲，看帘外的疏雨湿丁香。
>
> （《清华园》）

北平诗

这一下午，我算是在北平过的；其实是在马先生的诗里过的。

从前也读过马先生一些诗。他能够在日常的小事物上分出层层的光影。头发一般细的心思和暗泉一般涩的节奏带着人穿透事物的外层到深处去，那儿所见所闻都是新鲜而不平常的。他有兴趣向平常的事物里发见那不平常的。这不是颓废，也不是厌倦；说是寂寞倒有点儿，可是这是一个现代人对于寂寞的吟味。他似乎最赏爱秋天，雨天，黄昏与夜，从平淡和幽静里发见甜与香。那带点文言调子的诗行多少引着人离开现实，可是那些诗行还能有足够的弹性钻进现实的里层去。不过这究竟只在人生的一角上，而且我们只看见马先生一个人；诗里倒并不缺乏温暖，不过他到底太寂寞了。

这本集子便不同了，抗战是我们的生死关头，一个敏感的诗人怎么会不焦虑着呢？这本诗其实大部分是抗战的记录。马先生写着沦陷后的北平；出现在他诗里的有游击队，敌兵，苦难的民众，醉生梦死的汉奸。他写着我们的大后方；出现在他诗里的有英勇的战士，英勇的工人，英勇的民众。而沦陷后的北平是他亲见亲闻的，他更给我们许多生动的细节；《走》那篇长诗里安排的这种细节最多。他这样想网罗全中国和全中国的人到他的诗里去。但他不是个大声疾呼的人，他只能平淡的写出他所见所闻所想的。平淡里有着我们所共有而分担着的苦痛和希望。平淡的语言却不至于将我们压住；让我们有机会想起整套的背景，不死钉在一点一线一面上。北平在他的笔下只是抗战的一张幕；可是这张幕上有些处细描细画；这就勾起了我们一番追忆。可是我还是跟着他的诗回到抗战的大后方来了。大声疾呼，我们现在似乎并不缺乏，缺乏的正是平淡的歌咏；因为我们已经到了该多想想的时候了。马先生现在也该不再那么寂寞了罢？

（三十二年。）

日常生活的诗

——序萧望卿《陶渊明批评》

中国诗人里影响最大的似乎是陶渊明，杜甫，苏轼三家。他们的诗集，版本最多，注家也不少。这中间陶渊明最早，诗最少，可是各家议论最纷纭。考证方面且不提，只说批评一面，历代的意见也够歧异够有趣的。本书《历史的影像》一章颇能扼要的指出这个演变。在这纷纷的议论之下，要自出心裁独创一见是很难的。但这是一个重新估定价值的时代，对于一切传统，我们要重新加以分析和综合，用这时代的语言表现出来。本书批评陶诗，用的正是现代的语言，一鳞一爪，虽然不是全豹，表现着陶诗给予现代的我们的影像。这就与从前人不同了。

文学批评，从前人认为小道。这中间又有分别。就说诗罢，论到诗人身世情志，在小道中还算大方；论到作风以及篇章字句，那就真是"玩物丧志"了。这种看法原也有它正大的理由。但诗人的情和志，主要的还是表现在篇章字句中，一概抹煞，那情和志便成了空中楼阁，难以捉摸了。我们这时代，认为文学批评是生活的一部门，该与文学作品等量齐观。而"条条路通罗马"，从作家的身世情志也好，从作品以至篇章字句也好，只要能以表现作品的价值，都是文学批评之一道。兼容并包，才真能成其为大。本书二三章专论陶诗的作品和艺术，不厌其详。从前人论陶诗，以为"质直""平淡"，就不从这方面钻研进去。但"质直""平淡"也有个所以然，不该含胡了事。本书详人所略，便是向这方面努力，要完全认识陶渊明，这方面的努力是不可少的。

陶渊明的创获是在五言诗，本书说，"到他手里，才是更广泛的将日常生活诗化"，又说他"用比较接近说话的语言"，是很得要领的。陶诗显然接受了玄言诗的影响。玄言诗虽然抄袭《老》《庄》，落了套头，但用的似乎正是"比较接近说话的语言"。因为只有"比较接近说话的语言"，才能比较的尽意而入玄；骈俪的词句是不能如此直截了当的。那时固然是骈俪时代，然而未尝不重"接近说话的语言"。《世说新语》那部名著便是这种语言的纪录。这样看陶渊明用这种语言来作诗，也就不是奇迹了。他之所以超过玄言诗，却在他摆脱那些《老》《庄》的套头，而将自己日常生活化入诗里。钟嵘评他为"隐逸诗人之宗"，断章取义，这句话是足以表明渊明的人和诗的。

至于他的四言诗，实在无甚出色之处。历来评论者推崇他的五言诗，因而也推崇他的四言诗，那是有所蔽的偏见。本书论四言诗一章，大胆的打破了这种偏见，分别详尽的评价各篇的诗，结论虽然也有与前人相合的，但全章所取的却是一个新态度。这一章是值得大书特书的。

（天津《民国日报》，三十五年。）

什么是中国文学史的主潮

——序林庚《中国文学史》

中国文学史的编著有了四十多年的历史，但是我们的文学史的研究实在还在童年。文学史的研究得有别的许多学科做根据，主要的是史学，广义的史学。这许多学科，就说史学罢，也只在近三十年来才有了新的发展，别的社会科学更只算刚起头儿。这样，我们对文学史就不能存着奢望。不过这二十多年来的文学史，的确有了显著的进步。早期的中国文学史大概不免直接间接的以日本人的著述为样本，后来是自行编纂了，可是还不免早期的影响。这些文学史大概包罗经史子集直到小说戏曲八股文，象具体而微的百科全书，缺少的是"见"，是"识"，是史观。叙述的纲领是时序，是文体，是作者；

缺少的是"一以贯之"。这二十多年来，从胡适之先生的著作开始，我们有了几部有独见的中国文学史。胡先生的《白话文学史》上卷着眼在白话正宗的"活文学"上，郑振铎先生的《插图本中国文学史》着眼在"时代与民众"以及外来的文学的影响上。这是一方面的进展。刘大杰先生的《中国文学发展史》上卷着眼在各时代的文学主潮和主潮所接受的文学以外的种种影响。这是又一方面的发展。这两方面的发展相辅相成，将来是要合而为一的。

林静希先生（庚）这部《中国文学史》也着眼在主潮的起伏上。他将文学的发展看作是有生机的，由童年而少年而中年而老年；然而文学不止一生，中国文学是可以再生的，他所以用《文艺曙光》这一章结束了全书。他在《关于写中国文学史》一篇短文里说他的"书写到"五四"以前，也正是计划着，若将来能有机会写一部新文学史的时候，可以连续下去。"这部新文学史该是从童年的再来开始。因此著者常常指明或暗示我们的文学和文化的衰老和腐化，教我们警觉，去摸索光明。照那篇文里说的，他计划写这部文学史，远在十二年以前，那时他想着"思想的形式与人生的情绪"是"时代的特征"，也就是主潮。这与他的生机观都反映着"五四"那时代。他说"热心于社会改造的人们，以为伟大的文艺就是有助于理想社会的文艺，但爱好文艺的人们，却正以为那理想的社会，必然的是须接近于文艺的社会"。他"相信，那能产生优秀文艺的时代，才是真正伟大的"，因此"只要求那能产生伟大文艺的社会"。明白了著者的这种态度，才能了解他的这部《中国文学史》。

著者有"沟通新旧文学的愿望"。他说"这原来正是文学史应有的任务，所以这部书写的时候，随时都希望能说明一些文坛上普遍的问题，因为普遍的问题自然就与新文学特殊的问题有关"。这确是"文学史应有的任务"，在当前这时代更其如此；著者见到了这一层，值得钦佩。书中提出的普遍的问题，最重要的似乎是规律与自由，模仿与创造——是前两种趋势的消长和后两种趋势的消长。著者有一封来信，申说他书中的意见。他认为"形式化"或"公式化"也就是"正统化"，是衰老和腐化的现象。因此他反对模仿，模仿传统固然不好，模仿外国也不好。在上面提到的那篇文里他说："我们应当与世界上寻觅主潮的人士，共同投身于探寻的行列中；我们不应当在人家还正在未可知的摸索着的时候，便已经开始模仿了。"信里说他要求解放，但是只靠外来的刺激引起解放的力量是不能持久的，得自己觉醒，用极大的努力"唤起一种真正的创造精神",而"创造之最高标帜"是文学。

著者认为《诗经》代表写实的"生活的艺术",所歌咏的是一种"家的感觉",后来变为儒家思想,却形成了一种束缚或规律。《楚辞》代表"相反的浪漫的创造的精神",所追求的是"一种异乡情调和惊异",也就是"一种解放的象征"。这两种势力在历代文坛上是此消彼长的。这里推翻了传统的《诗》《骚》一贯论,否认《骚》出于《诗》。《骚》和《诗》的确是各自独立的,这是中国诗的两大源头。但是得在《诗经》后面加上乐府,乐府和《诗经》在精神上其实是相承的。书中特别强调屈原的悲哀,个人的悲哀;著者认为这种悲哀的觉醒是划时代的。这种悲哀,古人也很重视,班固称为"圣人失志",确是划时代的。是从屈原起,才开始了我们的自觉的诗的时代。著者在那信里认为中国是"诗的国度",故事是不发展的;"《楚辞》的少年精神直贯唐诗",可是少年终于变成中年,文坛从此就衰歇了。唐代确是我们文化的一个分水岭,特别是安史之乱。从此民间文学捎带着南朝以来深入民间的印度影响,抬起了头一步步深入士大夫的文学里。替代衰弱的诗的时代的是散文时代,戏剧和小说的时代;故事受了外来的影响在长足的进展着。著者是诗人，所以不免一方面特别看重文学，一方面更特别看重诗；但是他的书是一贯的。

著者用诗人的锐眼看中国文学史，在许多节目上也有了新的发现，独到之见不少。这点点滴滴大足以启发研究文学史的人们，他们从这里出发也许可以解答些老问题，找到些新事实，找到些失掉的连环。著者更用诗人的笔写他的书，虽然也叙述史实，可是发挥的地方更多；他给每章一个新颖的题目，暗示问题的核心所在，要使每章同时是一篇独立的论文，并且要引人入胜。他写的是史，同时要是文学，要是著作也是创作。这在一般读者就也津津有味，不至于觉得干燥，琐碎，不能终篇了。这在普及中国文学史上是会见出功效来的，我相信。

（三十六年。）

什么是中国文学史的主潮

闻一多先生怎样走着中国文学的道路

——《闻一多全集》序

闻一多先生为民主运动贡献了他的生命，他是一个斗士。但是他又是一个诗人和学者。这三重人格集合在他身上，因时期的不同而或隐或现。大概从民国十四年参加《北平晨报》的诗刊到十八年任教青岛大学，可以说是他的诗人时期，这以后直到三十三年参加昆明西南联合大学的五四历史晚会，可以说是他的学者时期，再以后这两年多，是他的斗士时期。学者的时期最长，斗士的时期最短，然而他始终不失为一个诗人；而在诗人和学者的时期，他也始终不失为一个斗士。本集里承臧克家先生钞来三十二年他的一封信，最可以见出他这种三位一体的态度。他说：

我只觉得自己是座没有爆发的火山，火烧得我痛，却始终没有能力（就是技巧）炸开那禁锢我的地壳，放射出光和热来。只有少数跟我很久的朋友（如梦家）才知道我有火，并且就在《死水》里感觉出我的火来。

这是斗士藏在诗人里。他又说：

　　你们做诗人的人老是这样窄狭，一口咬定世上除了诗什么也不存在。有比历史更伟大的诗篇吗？我不能想象一个人不能在历史（现代也在内，因为它是历史的延长）里看出诗来，而还能懂诗。……你不知道我在故纸堆中所做的工作是什么，它的目的何在，……因为经过十余年故纸堆中的生活，我有了把握，看清了我们这民族、这文化的病症，我敢于开方了。方单的形式是什么———一部文学史（诗的史），或一首诗（史的诗），我不知道，也许什么也不是。……你诬枉了我，当我是一个蠹鱼，不晓得我是杀蠹的芸香。虽然二者都藏在书里，他们的作用并不一样。

学者中藏着诗人，也藏着斗士。他又说"今天的我是以文学史家自居的"。后来的他却开了"民主"的"方单"，进一步以直接行动的领导者的斗士姿态出现了。但是就在被难的前几个月，他还在和我说要写一部唯物史观的中国文学史。

闻先生真是一团火。就在《死水》那首诗里他说：

> 这是一沟绝望的死水，
> 这里断不是美的所在，
> 不如让给丑恶来开垦，
> 看他造出个什么世界。

这不是"恶之花"的赞颂，而是索性让"丑恶"早些"恶贯满盈"，"绝望"里才有希望。在《死水》这诗集的另一首诗《口供》里又说：

> 可是还有一个我，你怕不怕？
> 苍蝇似的思想，垃圾桶里爬。

"绝望"不就是"静止"，在"丑恶"的"垃圾桶里爬"

着，他并没有放弃希望。他不能静止，在《心跳》那首诗里唱着：

静夜！我不能，不能受你的贿赂。
谁稀罕你这墙内方尺的和平！
我的世界还有更辽阔的边境。
这四墙既隔不断战争的喧嚣，
你有什么方法禁止我的心跳？

所以他写下战争惨剧的《荒村》诗，又不怕人家说他窄狭，写下了许多爱国诗。他将中国看作"一道金光""一股火"（《一个观念》）。那时跟他的青年们很多，他领着他们做诗，也领着他们从"绝望"里向一个理想挣扎着，那理想就是"咱们的中国"！（《一句话》）

可是他觉得做诗究竟"窄狭"，于是乎转向历史，中国文学史。他在给臧克家先生的那封信里说，"我始终没有忘记除了我们的今天外，还有那二千年前的昨天，这角落外还有整个世界。"同在三十二年写作的那篇《文学的历史动向》里说起"对近世文明影响最大最深的四个古老民族——中国、印度、以色列、希腊——都在差不多同时猛抬头，迈开了大步"。他说：

约当纪元前一千年左右，在这四个国度里，人们都歌唱起来，并将他们的歌记录在文字里，给流传到后代……。四个文化，在悠久的年代里，起先是沿着各自的路线，分途发展，不相闻问。然后，慢慢的随着文化势力的扩张，一个个的胳臂碰上了胳臂，于是吃惊，点头，招手，交谈，日子久了，也就交换了观念思想与习惯。最后，四个文化慢慢的都起着变化，互相吸收，融合，以至总有那么一天，四个的个别性渐渐消失，于是文化只有一个世界的文化。这是人类历史发展的必然路线，谁都不能改变，也不必改变。

这就是"这角落外还有整个世界"一句话的注脚。但是他只能从中国文学史下手。而就是"这角落"的文学史，也有那么长的年代，那么多的人和书，他不得不一步步的走向前去，不得不先钻到"故纸堆内讨生活"，如给臧先生信里说的。于是他好象也有了"考据癖"。青年们渐渐离开了他。他们想不到他是在历史里吟味诗，更想不到他要从历史里创造"诗的史"或"史的诗"。他告诉臧先生："我比任何人还恨那故纸堆，正因为恨它，更不能不弄个明白。"他创造的是崭新的现代的"诗的史"或"史的诗"。这一篇巨著虽然没有让他完成，可是十多年来也片断的写出了一些。正统的学者觉得这些不免"非常异义，可怪之论"，就戏称他和一两个跟他同调的人为"闻一多派"。这却正见出他是在开辟着一条新的道路；而那披荆斩棘，也正是一个斗士的工作。这时期最长，写作最多。到后来他以民主斗士的姿态出现，青年们又发现了他，这一回跟他的可太多了！虽然行动时时在要求着他，他写的可并不算少，并且还留下了一些演讲录。这一时期的作品跟演讲录都充满了热烈的爱憎和精悍之气，就是学术性的论文如《龙凤》和《屈原问题》等也如此。这两篇，还有杂文《关于儒·道·土匪》，大概都可以算得那篇巨著的重要的片断罢。这时期他将诗和历史跟生活打成一片；有人说他不懂政治，他倒的确不会让政治的圈儿箍住的。

他在"故纸堆内讨生活"，第一步还得走正统的道路，就是语史学的和历史学的道路，也就是还得从训诂和史料的考据下手。在青岛大学任教的时候，他已经开始研究唐诗；他本是个诗人，从诗到诗是很近便的路。那时工作的重心在历史的考据。后来又从唐诗扩展到《诗经》《楚辞》，也还是从诗到诗。然而他得弄语史学了。他读卜辞，读铜器铭文，从这些里找训诂的源头。从本集二十二年给饶孟侃先生的信可以看出那时他是如何在谨慎的走着正统的道路。可是他"很想到河南游游，尤其想看洛阳——杜甫三十岁前后所住的地方"。他说"不亲眼看看那些地方我不知杜甫传如何写"。这就不是一个寻常的考据家了！抗战以后他又从《诗经》《楚辞》跨到了《周易》和《庄子》；他要探求原始社会的生活，他研究神话，如《高唐神女传说》和《伏羲故事》等等，也为了探求"这民族，这文化"的源头。而这原始的文化是集体的力，也是集体的诗；他也许要借这原始的集体的力给后代的散漫和萎靡来个对症下药罢。他给臧先生写着：

> 我的历史课题甚至伸到历史以前，所以我研究神话，我的文化课题超出了文化圈外，所以我又在研究以原始社会为对象的文化人类学。

他不但研究着文化人类学，还研究费洛伊德的心理分析学来照明原始社会生活这个对象。从集体到人民，从男女到饮食，只要再跨上一步；所以他终于要研究起唯物史观来了，要在这基础上建筑起中国文学史。从他后来关于文学的几个演讲，可以看出他已经是在跨着这一步。

　　然而他为民主运动献出了生命，再也来不及打下这个中国文学史的基础了。他在前一个时期里却指出过"文学的历史动向"。他说从西周到北宋都是诗的时期，"我们这大半部文学史，实质上都是诗史"。可是到了北宋，"可能的调子都已唱完了"，上前"接力"的是小说与戏剧。"中国文学史的路线从南宋起便转向了，从此以后是小说戏剧的时代。"他说"是那充满故事兴味的佛典之翻译与宣讲，唤醒了本土的故事兴趣的萌芽，使它与那较进步的外来形式相结合，而产生了我们的小说与戏剧"。而第一度外来影响刚刚扎根，现在又来了第二度的。第一度佛教带来的印度影响是小说戏剧，第二度基督教带来的欧洲影响又是小说戏剧，……于是乎他说：

　　　　四个文化同时出发，三个文化都转了手，有的转给近亲，有的转给外人，主人自己却没落了，那许是因为他们都只勇于"予"而怯于"受"。中国是勇于"予"而不太怯于"受"的，所以还是自己文化的主人，然而……仅仅不怯于"受"是不够的，要真正勇于"受"。让我们的文学更彻底的向小说戏剧发展，等于说要我们死心塌地走人家的路。这是一个"受"的勇气的测验。

这里强调外来影响。他后来建议将大学的中国文学系跟外国语文学系改为文学系跟语言学系，打破"中西对立，文语不分"的局面，也是"要真正勇于受"，都说明了"这角落外还有整个世界"那句话。可惜这个建议只留下一堆语句，没有写成。但是那印度的影响是靠了"宗教的势力"才普及于民间，因而才从民间"产生了我们的小说与戏剧"。人民的这种集体创作的力量是文学的史的发展的基础，在诗歌等等如此，在小说戏剧更其如此，中国文学史里，小说和戏剧一直不曾登大雅之堂，士大夫始终只当它们是消遣的顽意儿，不是一本正经。小说戏剧一直不曾脱去了俗气，也就是平民气。等到民国初年我们的现代化的运动开始，知识阶级渐渐形成，他们的新文学运动和新文化运动接受了欧洲的影响，也接受了"欧洲文学的主干"的小说和戏剧；小说戏剧这才堂堂正正的成为中国文学。《文学的历史动向》里还没有顾到这种情形，但在《中国文学史稿》里，闻先生却就将"民间影响"跟"外来影响"并列为"二大原则"，认为"一事的二面"或"二阶段"，还说，"前几次来影响皆不自觉，因经由民间；最近一次乃士大夫所主持，故为自觉的"。

他的那本《中国文学史稿》，其实只是三十三年在昆明中法大学教授中国文学史的大纲，还待整理，没有收在全集里。但是其中有《四千年文学大势鸟瞰》，分为四段八大期，值得我们看看：

第一段　本土文化中心的抟成　一千年左右

　　第一大期　黎明　夏商至周成王中叶（公元前二〇五〇———一〇〇）约九百五十年

第二段　从三百篇到十九首　一千二百九十一年

　　第二大期　五百年的歌唱　周成王中叶至东周定王八年（陈灵公卒，《国风》约终于此时，前一〇九九——五九九）约五百年

　　第三大期　思想的奇葩　周定王九年至汉武帝后元二年（前五九八——八七）五百一十年

　　第四大期　一个过渡期间　汉昭帝始元元年至东汉献帝兴平二年（前八六——后一九五）二百八十一年

第三段　从曹植到曹雪芹　一千七百一十九年

　　第五大期　诗的黄金时代　东汉献帝建安元年至唐玄宗天宝十四载（一九六——七五五）

五百五十九年

第六大期 不同型的余势发展 唐肃宗至德元载至南宋恭帝德祐二年（七五六——一二七六）五百二十年

第七大期 故事兴趣的醒觉 元世祖至元十四年至民国六年（一二七七——一九一七）六百四十年

第四段 未来的展望——大循环

第八大期 伟大的期待 民国七年至……（一九一八……）

第一段"本土文化中心的传成"，最显著的标识是仰韶文化（新石器时代）的陶器花纹变为殷周的铜器花纹，以及农业的兴起等。第三大期"思想的奇葩"，指的散文时代。第六大期"不同型的余势发展"，指的诗中的"更多样性与更参差的情调与观念"，以及"散文复兴与诗的散文化"等。第四段的"大循环"，指的回到大众。第一第二大期是本土文化的东西交流时代，以后是南北交流时代。这中间发展的"二大原则"，是上文提到的"外来影响"和"民间影响"；而最终的发展是"世界性的趋势"。——这就是闻先生计划着创造着的中国文学史的轮廓。假如有机会让他将这个大纲重写一次，他大概还要修正一些，补充一些。但是他将那种机会和生命一起献出了，我们只有从这个简单的轮廓和那些片断，完整的，不完整的，还有他的人，去看出他那部"诗的史"或那首"史的诗"。

他是个现代诗人，所以认为"在这新时代的文学动向中，最值得揣摩的，是新诗的前途"。他说新诗得"真能放弃传统意识，完全洗心革面，重新做起"。——

那差不多等于说，要把诗作得不象诗了。也对。说得更准确点，不象诗，而象小说戏剧，至少让它多象点小说戏剧，少象点诗。太多"诗"的诗，和所谓"纯诗"者，将来恐怕只能以一种类似解嘲与抱歉的姿态，为极少数人存在着。在一个小说戏剧的时代，诗得尽量采取小说戏剧的态度，利用小说戏剧的技巧，才能获得广大的读众。……新诗所用的语言更是向小说戏剧跨近了一大步，这是新诗之所以为"新"的第一个也是最主要的理由。其它在态度上，在技巧上的种种进一步的试验，也正在进行着。请放心，历史上常常有人把诗写得不象诗，如阮籍、陈子昂、孟郊，如华茨渥斯、惠特曼，而转瞬间便是最真实的诗了。诗这东西的长处就在它有无限度的弹性，……只有固执与狭隘才是诗的致命伤，……

那时他接受了英国文化界的委托，正在钞选中国的新诗，并且翻译着。他告诉臧克家先生：

> 不用讲今天的我是以文学史家自居的，我并不是代表某一派的诗人。唯其曾经一度写过诗，所以现在有揽取这项工作的热心，唯其现在不再写诗了，所以有应付这工作的冷静的头脑而不至于对某种诗有所偏爱或偏恶。我是在新诗之中，又在新诗之外，我想我是颇合乎选家的资格的。

是的，一个早年就写得出《女神的时代精神》和《女神的地方色彩》那样确切而公道的批评的人，无疑的"是颇合乎选家的资格的"。可惜这部诗选又是一部未完书，我们只能够尝鼎一脔！他最后还写出了那篇《时代的鼓手》，赞颂田间先生的诗。这一篇短小的批评激起了不小的波动，也发生了不小的影响。他又在三十四年西南联合大学五四周的朗诵晚会上朗诵了艾青先生的《大堰河》，他的演戏的才能和低沉的声调让每一个词语渗透了大家。

　　闻先生对于诗的贡献真太多了！创作《死水》，研究唐诗以至《诗经》《楚辞》，一直追求到神话，又批评新诗，钞选新诗，在被难的前三个月，更动手将《九歌》编成现代的歌舞短剧，象征着我们的青年的热烈的恋爱与工作。这样将古代跟现代打成一片，才能成为一部"诗的史"或一首"史的诗"。其实他自己的一生也就是具体而微的一篇"诗的史"或"史的诗"，可惜的是一篇未完成的"诗的史"或"史的诗"！这是我们不能甘心的！

　　　　　　　　　　　　　　　（《文学》杂志。）

《闻一多全集》编后记

　　我敬佩闻一多先生的学问，也爱好他的手稿。从前在大学读书的时候，听说黄季刚先生拜了刘申叔先生的门，因此得到了刘先生的手稿。这是很可羡慕的。但是又听说刘先生的手稿，字迹非常难辨认。本来他老先生的字写得够糟的，加上一而再再而三的添注涂改，一塌糊涂，势所必然。这可教人头痛。闻先生的稿子却总是百分之九十九的工楷，差不多一笔不苟，无论整篇整段，或一句两句。不说别的，看了先就悦目。他常说钞稿子同时也练了字，他的字有些进步，就靠了钞稿子。

　　再说，别人总将自己的稿子当作宝贝，轻易不肯给人看，更不用说借给人。闻先生却满不在乎，谁认识他就可以看他的稿子。有一回，西南联大他的班上有一个学生借他的《诗经长编》手稿四大本。他并不知道这学生的姓名，但是借给了他。接着放了寒假，稿子一直没有消息。后来开学了，那学生才还给他，说是带回外县去钞了。他后来谈起这件事，只说稿子没有消息的时候，他很担心，却没有一句话怪那学生。

三十年我和闻先生全家，还有几位同事，都住在昆明龙泉镇司家营的清华文科研究所里，一住两年多。我老是说要细读他的全部手稿，他自然答应。可是我老以为这些稿子就在眼前，就在手边，什么时候都成；不想就这样一直耽搁到我们分别搬回昆明市，到底没有好好的读下去。后来他参加民主运动，事情忙了，家里成天有客，我也不好去借稿子麻烦他。去年春间有一天，因为文学史上一个问题要参考他的稿子，一清早去看他。那知他已经出去开会去了。我得了闻太太的允许，翻看他的稿子；越看越有意思，不知不觉间将他的大部分手稿都翻了。闻太太去做她的事，由我一个人在屋里翻了两点多钟。闻先生还没有回，我满意的向闻太太告辞。

想不到隔了不到半年，我竟自来编辑他的遗稿了！他去年七月还不满四十八岁，精力又饱满，在那一方面都是无可限量的，然而竟自遭了最卑鄙的毒手！这损失是没法计算的！他在《诗经》和《楚辞》上用功最久，差不多有了二十年。在文科研究所住着的第二年，他重新开始研究《庄子》，说打算用五年工夫在这部书上。古文字的研究可以说是和《诗经》《楚辞》同时开始的。他研究古文学，常象来不及似的；说甲骨文金文的材料究竟不太多，一松劲儿就会落在人家后边了。他研究《周易》，是二十六年在南岳开始；住到昆明司家营以后，转到伏羲的神话上。记得那时汤用彤先生也住在司家营，常来和他讨论《周易》里的问题，等到他专研究伏羲了，才中止了他们的讨论。他研究乐府诗，似乎是到昆明后开始。不论开始的早晚，他都有了成绩，而且可以说都有了贡献。

闻先生是个集中的人，他的专心致志，很少人赶得上。研究学术如此，领导行动也如此。他在云南蒙自的时候，住在歌胪士洋行的楼上，终日在做研究工作，一刻不放松，除上课外，绝少下楼。当时有几位同事送他一个别号，叫做"何妨一下楼斋主人"，能这么集中，才能成就这么多。半年来我读他的稿子，觉得见解固然精，方面也真广，不折不扣超人一等！对着这作得好钞得好的一堆堆手稿，真有些不敢下手。可惜的是从昆明运来的他的第一批稿子，因为箱子进了水，有些霉得揭不开；我们赶紧请专门的人来揭，有的揭破了些，有些幸而不破，也斑斑点点的。幸而重要的稿子都还完整，就是那有点儿破损的，也还不致妨碍我们的编辑工作。

稿子陆续到齐。去年十一月清华大学梅贻琦校长聘请了雷海宗、潘光旦、吴晗、浦江清、许维遹、余冠英六位先生，连我七人，组成"整理闻一多先生遗著委员会"，指定我作召集人。家属主张编全集，我们接受了。我拟了一个目，在委员会开会的时候给大家看了。委员会的意思，这个全集交给家属去印，委员会不必列名；委员会的工作先集中在整编那几种未完成的巨著上。于是决定请许维遹先生负责《周易》和《诗经》，浦江清先生负责《庄子》和《楚辞》，陈梦家先生负责文字学和古史，余冠英先生负责乐府和唐诗，而我负总责任。但是这几种稿子整编完毕，大概得两三年。我得赶着先将全集编出来。

全集拟目请吴晗先生交给天津《大公报》，上海《文汇报》发表。这里收的著作并不全是完整的，但是大体上都可以算是完整的了。这里有些文篇是我们手里没有的，我们盼望读者钞给我们，或者告诉我们哪里去钞。至于没有列入的文篇，我们或者忘了，或者不知道，也盼望读者告知。结果得到的来信虽然不算多，可是加进的文篇不算少，这是我们很感谢的。一方面我们托了同事何善周先生，也是闻先生的学生，他专管找人钞稿。我们大家都很忙，所以工作不能够太快；我们只能做到在闻先生被难的周年祭以前，将全集钞好交给家属去印。钞写也承各位钞写人帮忙，因为我们钱少，报酬少。全集约一百万字，钞写费前后花了靠近一百五十万元。最初请清华大学津贴一些，后来请家属支付一半，用遗稿稿费支付一半；这稿费也算是家属的钱。

全集已经由家属和开明书店订了合同，由他们印。惭愧的是我这负责编辑的人，因为时期究竟迫促，不能处处细心照顾。钞写的人很多，或用毛笔，或用钢笔，有工楷，也有带草的。格式各照原稿，也不一律。闻先生虽然用心钞他的稿子，但是他做梦也没想到四十八岁就要编全集，格式不一律，也是当然。钞来的稿子，承清华大学中国文学系各位同人好几次帮忙分别校正，这是很感谢的！

拟目分为八类，是我的私见，但是《神话与诗》和《诗与批评》两个类目都是闻先生用过的演讲题，《唐诗杂论》也是他原定的书名。文稿的排列按性质不按年代，也是我的私见。这些都是可以改动的。拟目里有郭沫若先生序，是吴晗先生和郭先生约定的；还有年谱，同事季镇淮先生编的，季先生也是闻先生的学生。

还想转载《联大八年》里那篇《闻一多先生事略》。还有史靖先生的《闻一多的道路》一书，已经单行了。去年在成都李、闻追悼会里也见到一篇小传，叙到闻先生的童年，似乎是比别处详细些。我猜是马哲民先生写的，马先生跟闻先生小时是同学，那天也在场，可惜当时没有机会和他谈一下。全集付印的时候，还想加上闻先生照像，一些手稿和刻印，这样可以让读者更亲切的如见其人。

（一九四七年。）